http://www.bbulmedia.com

http://www.bbulmedia.com

압천루

암천루

1판 1쇄 찍음 2015년 3월 5일
1판 1쇄 펴냄 2015년 3월 10일

지은이 | 산수화
펴낸이 | 정　필
펴낸곳 | 도서출판 **뿔미디어**

편집장 | 이재권
기획 · 편집 | 윤영상

출판등록 | 2002년 9월 11일 (제1081-1-132호)
주소 | 경기도 부천시 원미구 소향로 117번길(두성프라자) 303호 (우)420-864
전화 | 032)651-6513 / 팩스 032)651-6094
E-mail | bbulmedia@hanmail.net
홈페이지 | http://bbulmedia.com

값 8,000원

ISBN 979-11-315-6314-4 04810
ISBN 979-11-315-6313-7 04810 (세트)

※파본은 구입하신 서점에서 교환하여 드립니다.

※이 책은 (도)뿔미디어를 통해 독점 계약되었습니다.
저작권법에 의해 보호를 받는 저작물이므로 무단 전재와 무단 복제를 엄금합니다.

암천루

①

산수화
신무협 장편 소설

차례

서(序)

"이거야 원⋯⋯."

질 좋은 비단장포를 입은 중년인은 주변을 둘러보며 나직이 혀를 찼다.

추운 겨울, 새하얀 눈밭으로 가득한 세상이다.

어떠한 더러움도 순백의 깨끗함을 더럽히지 못했다.

고목(古木)의 흑회색도, 겨울날 용케 핀 매화꽃도 오히려 아름다움을 배가시킬 뿐.

그러나 깨끗한 땅에 뜨거운 핏물이라면 이야기가 달라진다.

더운 피.

눈이 녹고 그 위에 보기에도 끔찍한 시체 십여 구가 있다.

죽은 지 얼마 되지도 않았다.

아직까지 모락모락 김이 나는 피가 그것을 증명하고 있었다.

그리고 시체들 한가운데에 한 명의 남자가 있었다.

아직은 청년이라 불려도 부족함이 없는 젊은 나이.

마치 어지러운 격전을 헤치고 나온 듯 걸친 장포자락이 굳은 피로 검게 변해 있었다.

손에 쥔 무서운 중병(重兵), 장창(長槍)에 피가 엉겨 날이 다 빠졌다.

마치 홀로 전장 한가운데에 떨어진 모양새였다.

이제 보니 피에 젖은 저 장포도 그냥 장포가 아니라 전포(戰袍)였다.

실제 군문의 출신인 듯 이가 빠져서 몽둥이질이 아니라면 한 번 쓰기도 힘들 것 같은 장창 역시 군문(軍門)에서 지급하는 군용이었다.

"시체 열한 구. 모두 깨끗하게 목만 갈랐군. 똑같은 깊이에 똑같은 위치, 힘이 더했으면 경력(勁力)에

목이 날아갔을 것이고 힘이 조금만 적었다면 아직까지 살아 있겠지. 절묘하다. 일반 패검(佩劍)도 아니고, 길고 무거운 장창으로 이런 세밀함의 극치를 보여 주다니, 보통 기예가 아니야. 자네 정체가 궁금해지는걸."

혀를 차면서도 안타까운 기색이라고는 없다.

참혹한 광경을 보았음에도 이와 같은 여유가 나오는 것을 보면 중년인의 심장도 여간 단단한 것이 아니었다.

청년이 창날에 묻은 피를 한 차례 떨쳐 내곤 입을 열었다. 중년인 쪽은 쳐다보지도 않고 있다.

"용건은?"

기묘한 목소리였다.

마치 동굴 속에서 울리는 것처럼 낮고 둔탁했다.

그런 와중에 나른함과 권태로움이 한가득.

세상만사 귀찮다는 기색이 역력한 목소리, 쉽게 풍길 수 없는 분위기를 자아내고 있었다.

중년인의 입가에 미소가 어렸다.

"용건, 없었지. 말 그대로 우연이었어. 소란스러운 일에 끼어들고 싶은 마음은 없었지만 원체 시끄러워

호기심이 동해 와 봤네. 한데, 놀라운 광경을 보게 되었어."

"용건이 없다면 이만 가 보겠소."

"없었지만 이제는 생긴 것 같은데."

청년의 고개가 처음으로 중년인에게 닿았다.

젊은 시절 여인들의 방심을 흔들었을 법한 미중년의 얼굴과 대치하는 청년의 눈빛은 목소리만큼이나 기묘했다.

그렇게 눈에 띄지 않는 외모였으나 예리함과 나른함이 공존한다.

천하를 뒤져도 이런 독특한 눈빛을 가진 사람이 또 있을까 싶을 정도였다.

중년인이 나직이 감탄했다.

"쉽게 찾아보기 힘든 기인(奇人)의 눈이로고. 어지간한 아수라장을 겪지 않으면 그만한 눈빛이 나오기 힘들지. 한데 이상한걸. 삶을 살아갈 이유가 없나? 그렇다고 죽을 이유도 없고…… 그냥 살아가는군. 목적 없이 사는 사람이라면 짐승과 다를 바가 무얼까. 그 나이에 염세라니, 나이가 아깝지 않나?"

"용건은?"

일관적이라고 해야 할까.

표정 변화도 없이, 전신에서 느껴지는 권태로움도 똑같다.

대단하다면 대단한 일이다.

산전수전 다 겪은 노인이라도 이런 사람과의 대화라면 곤혹스러울 것이다.

그러나 중년인도 보통은 아닌 듯 오히려 빙그레 웃기까지 했다.

기묘하기로는 청년 못지않은 사람이었다.

"살아갈 이유도 죽을 이유도 없다면 자네의 그 창, 내가 사고 싶네만."

창을 사겠다.

무용(武勇)을 사겠다는 뜻이다. 청년의 눈에 이채가 발했다.

"날 고용하겠다?"

"고용……. 그렇지, 고상한 단어로 표하자면 고용이라 해야겠지. 보니 자네에게도 굳이 해가 될 일은 아닌 것 같은데, 어쩌겠나? 함께하겠나?"

중년인의 눈이 시체를 한 번 향했다가 다시 청년의 얼굴로 돌아갔다. 청년의 눈 역시 잠시 시체를 향했다.

약간의 시간.

고요한 침묵이 주변을 맴돈다.

이윽고 청년의 입이 천천히 열렸다.

"하나 묻고 싶은 것이 있소."

"이제야 좀 대화가 되는군. 뭔가? 내 대답할 수 있는 한도 내에서는 모두 답해 주겠네."

"강호(江湖)라는 곳…… 살 만한 곳이오?"

"우스운 소리로군. 천하가 이미 강호이며, 그곳에 살아가는 모두가 강호인이야. 종군(從軍)한 군 출신인 듯한데, 그러한 전장 역시 강호가 아니고 무엇인가? 결국 자네가 묻는 것은, 세상이 살 만하냐고 묻는 것이나 진배가 없지."

어딘가 아득한 현기가 서린 말투였다.

나른한 청년의 눈동자에 이채가 띠었다.

"술과 밥이 잘 제공되는 거요?"

"장담컨대, 천하에서도 손에 꼽힐 만한 명주와 진미를 매일 입에 넣어 주지."

"좋소."

"화통하군. 마음에 들어. 나는 암천루(暗天樓)란 곳을 운영하는 진관호(眞觀湖)라 하네. 자네 이름은 무엇이지?"

청년이 몸을 휙 돌리며 손에 든 창을 아무렇게나 던져 버렸다. 한 점 미련도 없다는 행동이었다.

"비. 강비(姜飛)라 부르시오."

1.
의뢰(依賴)

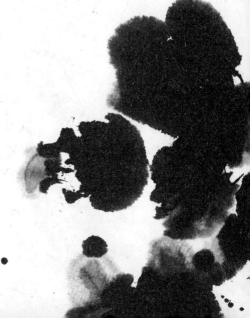

"삼 년 전의 선택은 실수였다고 봐요."

지적인 외모가 돋보이는 여인의 상큼한 한마디에 진관호는 머리를 긁적였다.

청수하다는 인상이 들 만큼 고고한 외모, 범상치 않은 분위기의 진관호인 만큼 무척이나 어울리지 않는 모습이었다.

"또 사고 쳤어?"

"사고 수준이 아니죠. 누가 보면 해결사가 아니라 살수 집단인 줄 알겠어요. 산전수전 다 겪은 의뢰자가 현장을 보고 겁을 집어먹을 정도면 말 다 했죠.

조사하러 온 관군 중에는 기절한 사람도 있다던데
요?"

"그래도 죽은 놈들, 죄다 인간쓰레기들이었잖아.
그 정도 죄과라면 백 번 죽어 마땅하지. 잘 죽었
어."

"그걸 이야기하는 게 아니라는 거, 알죠?"

"알다마다. 내 주의를 주지."

"적어도 백 번은 넘은 것 같은데. 루주님의 주의는
별 효력이 없는 것 같네요."

"그렇다고 선하가 나설 수도 없잖아."

"못 나설 것도 없죠."

"하게? 그 녀석에게? 주의를 준다고? 네가?"

"문제 있나요?"

"그러지 마."

"왜요? 너무 싸고도시는 거 아니에요?"

"싸고도는 게 아니라 더 큰 사고가 날까 봐 겁나서
그런다. 그래도 녀석, 실력 하나는 확실하고 지금까
지 실패한 적도 없잖아. 과유불급이라, 과해서 문제
가 된다지만 세상을 위해서 거름이 되는 게 마땅할
정도로 죽일 놈들만 죽이는데, 그것도 나름 협(俠)이

라고 할 수 있지 않겠어?"

여인이 가볍게 콧방귀를 뀌었다.

누가 보아도 진관호가 상사인 듯한데, 상하의 명령 체계를 생각한다면 무척이나 예의가 없는 태도다.

"세상에 협사들 다 죽었네요. 백정 소리를 들어야지, 왜 협사 소리를 들어요?"

"선하, 요새 좀 날카로운데. 혹시 그날인가?"

"루주님만 아니었으면 벌써 주먹 날아갔어요. 이런 일 하는데 세상만사 귀찮은 듯 밥 먹고 술만 마시는 그 사람이 비정상 아니에요?"

"아니라고 말은 못 하겠군."

당선하(唐善河)가 가만히 한숨을 쉬었다.

아직 방년이 조금 넘은 듯한 어린 외모였지만 두 눈에 깃든 지혜가 측량할 수 없는 깊이를 담고 있다.

진관호도 진관호였지만 당선하 역시 범부의 눈으로 잴 수 있는 사람이 아니었다.

"어쨌든 이번에는 꼭 주의를 줄게. 진짜야! 걱정하지 말라고."

"알아듣게 잘 말해 주세요. 이해가 안 가는 건 아

니지만 이러다가 의뢰자들 다 끊기겠어요. 관군이야, 황 대인이 어떻게든 무마시킬 수 있어도 명문대파(名門大派)가 끼어들면 골치 아파진다고요."

"알겠어. 내 이번엔 꼭 잘 말하지."

빙글빙글 웃으면서 말하는데 어쩐지 믿음이 가지 않는 얼굴이다.

당선하는 한마디 더 하려다가 이내 체념했다.

한두 번이라야 성질도 부리는 것이다.

"자료 정리 좀 할게요. 이따 봬요."

"그래, 수고해."

어깨를 축 늘어뜨리고 나가는 뒷모습이 제법 처량했다.

진관호는 그녀의 모습이 보이지 않게 되자 가볍게 한숨을 쉬었다.

"죽겠군."

기실, 당선하의 이런 모습도 충분히 이해가 가는 바다.

암천루.

어두운 하늘의 이름을 이어받은 조직이다.

굳이 조직이라 불리기도 애매할 만큼 조직원들의

수는 적었지만 천하 각지로 뻗어 나간 정보력과 몇 세대를 이어 온 인맥은 상상을 초월한다.

드넓은 강호, 무파(武派)라 불리기는 힘들다지만 뒷골목 어둠의 세계에서 암천루는 손가락 안에 꼽힐 정도로 막대한 영향력을 발휘하고 있었다.

암천루는 해결사 조직이었다.

명성이 있고 자부심이 넘치는 명문가의 사람들은 눈살을 찌푸리겠지만, 지금까지 이룩한 성과를 생각하자면 단순히 해결사라는 일을 한다 하여 얕보는 건 무척이나 잘못된 생각일 것이다.

강호에 퍼진 굵직한 사건들은 물론 필요하다면 관군의 일까지도 해결한다.

어둠 속의 그림자, 지금껏 맡아서 해결하지 못한 사건이 없었고 특히나 무력 해결(武力解決), 추적(追跡), 암어 해독(暗語解讀)에 관해서는 천하에서 따라올 조직이 없었다.

놀라운 것은 이러한 명성을 쌓은 것이, 백 명도 채 안 되는 조직원들의 능력 덕이었다.

백 명이 뭔가.

루주인 진관호와 각지로 퍼진 정보원들을 제외하면

암천루에 거하는 해결사들의 숫자는 서른도 되질 않는다.

그 서른 명이, 선대부터 이어 온 암천루의 명성을 극점까지 끌어올리고 있었다.

이쪽 일이라는 것이 그다지 깨끗하지가 않아 각 분야의 전문가들의 성격도 마냥 유쾌하고 발랄하지는 않다.

약간은 삐뚤어지고, 조금은 괴팍하며, 상당히 악랄하기도 하다.

하지만 그중에서도 지금 당선하가 언급한 문제의 인간은 가히 발군이라 할 만했다.

삼 년 전 루주인 진관호가 직접 영입한 인재.

"이 인간아."

어쨌든 이야기는 해 봐야 한다.

아무리 조직의 규율이 자유롭다지만 이런 일까지 그냥 넘어갈 순 없다.

당선하의 말이 틀린 것도 없지 않은가.

일어서서 기지개를 켜는 진관호, 그의 눈빛에 언뜻 피곤함이 감돌았다.

　　　　*　　　　　*　　　　　*

　조촐한 후원에서 한 명의 사내가 술을 마시고 있었
다.

　이제 서른도 되어 보이지 않는 남자다.

　큰 키에 꽉 짜인 몸이 감탄이 절로 나왔지만 흐릿
한 눈빛과 세상만사 귀찮다는 분위기는 나른함의 절
정이다.

　커다란 바위 위에 반쯤 누워서 술병을 기울이는 작
태가 실로 자유분방함의 극치를 달리고 있었다.

　이미 바위 밑에는 두 개의 술병이 나뒹굴고 있었
다.

　그 용량이나 은은하게 흐르는 주향(酒香)으로 볼
때 보통 독한 술이 아닐 텐데, 사내는 얼굴빛 하나
변하지 않고 술병을 기울이고 있었다.

　"진짜 어지간히 마시는군."

　등 뒤에서 들리는 목소리.

　강비는 전혀 동요하지 않은 듯 슬쩍 고개를 돌릴
뿐이었다.

　"왔나?"

"아주 이놈의 조직은 상하관계가 엉망이야, 엉망.
어디 가서 암천루 루주라고 말하기도 쪽팔린다."

투덜거리면서 다가오는 진관호였다.

정작 강비 보고 술 마신다 타박하는 그였지만 그의
허리춤에도 호리병 두 개가 달랑이고 있었다.

과한 업무, 오늘은 전부 날려 버리고 시원스레 한
잔 마시려는 요량이었다.

"안주는 없나?"

"귀찮아서."

"귀찮아서 술은 어찌 구해다 마시냐."

강비는 대답도 않고 다시 술병을 기울였다.

짧은 시간 술병 두 개가 동난 이유가 있었다.

가벼운 발재간으로 바위 위에 오른 진관호도 털썩
앉아 호리병 하나를 땄다. 향긋한 주향, 강비의 눈에
이채가 감돌았다.

"사천 검남춘(劍南春)?"

"개코야, 개코. 그렇게 술을 마셨는데 이 주향이
느껴지기나 하나?"

"워낙에 좋은 술이라야 말이지."

"하긴, 네놈이 마시고 있는 싸구려 백주(白酒) 보

단 나아 보이는군.”

“천하 명주와 진미를 맛보게 해 준다더니, 말짱 거짓말이었나.”

“아무리 생각해도 네놈은 지나쳤어. 네 식대 때문에 본루의 재정이 휘청거릴 정도다. 양심이 있으면 한 번쯤 눈치라도 보는 게 어떻겠냐?”

“내 계약 조건이 그거 아니었어?”

“말을 말자, 젠장.”

가볍게 욕지기를 내뱉은 진관호가 호리병을 입에 댔다.

고아하게 술잔에 담아 마실 생각은 전혀 없는 것 같았다.

이놈저놈 해도 진관호의 모습은 강비와 별반 달라 보이지가 않았다.

한 잔 마심과 동시에 저 너머에서 하인 한 명이 자그마한 술상을 들고 왔다.

술상 위, 김이 모락모락 나는 고기가 두툼하게 썰어져 있었다.

구수한 향기가 순식간에 후원을 감돌았다.

“그럴 줄 알고 안주 좀 해 왔다.”

"술은 최고급이면서 안주는 평범하군."

"이놈아, 이것도 과하지. 당금 세상천지에 고기 못 먹어 본 사람이 쌔고 쌨는데 그 무슨 망발이란 말이냐. 돼지고기면 족하다. 한 점 해라."

마침 젓가락도 두 개였다.

강비는 두툼한 돼지고기 한 점을 집어 입에 넣었다.

어떻게 삶았는지 모르겠지만 맛 하나는 기가 막혔다.

그럼에도 표정에 변화는 없다.

맛좋은 고기를 먹으면서도 권태로운 표정을 유지하는 것.

이것도 기술이라면 기술이다.

"이번에도 또 사고 쳤다면서?"

"사고? 아, 몇 놈 죽인 거."

아무렇지도 않다는 투다.

진관호는 손가락으로 이마를 문질렀다.

조사를 해 보니 죽어 마땅할 놈들이기는 했어도, 살인은 살인.

사람이 사람을 죽인 일에 이토록 무감각하다면 가

히 마두(魔頭)라 불리어도 손색이 없을 터였다.

감당 못할 자, 난폭한 성정도 아니건만 사람의 목숨을 너무 쉬이 보는 경향이 있다.

"그거 문제야. 고쳐야 해. 한두 번 말한 것도 아니잖아?"

"귀."

"뭐?"

"귀를 벽에 붙이고 있었어."

"무슨 소리야 대체?"

"이제 열 살이나 먹었을까 하는 여아(女兒)의 시체를 잘라 히히덕거리고 있더군. 한 놈은 귀를 잘라 벽에 붙이며 웃었고, 몇 놈은 시간(屍姦)을 하는 도중이었지. 자기들 본거지에 오는 도중 납치한 것 같던데."

진관호의 입이 다물어졌다.

그런 일이 있었던가.

사건이 사건이라 지나쳤던 일이다.

아무리 세상이 미쳐 돌아간다고 하지만 욕지기가 절로 나오는 말이다.

인간이 아닌 놈들, 짐승이라 욕하면 짐승이 역정을

낼 놈들이었다.

"천하의 미친놈들이었군."

"여자아이의 복수라고는 뭐해도 가만히 있을 순 없었어. 그래 봤자 죽은 아이가 살아 돌아오는 건 아니지만."

그때를 생각하는 것일까.

나른한 가운데에 동공에서 날카로운 예기가 감돌았다.

그때를 회상하니 기분이 좋지 않은 모양이다.

"여하간 잘 다져 놨더군. 관가에서도 검시관이 왔는데, 일찍이 본 바가 없을 정도로 참혹한 상태라고 하던데."

"내 생각보다 빨리 죽어서 안타까울 뿐이야."

고문을 했다는 이야기다.

진관호는 가볍게 고개를 끄덕였다.

"네 마음은 이해한다. 나였어도 용서할 수 없었겠지. 그렇지만 우리는, 너는 암천루 소속이다. 의뢰를 받고 행하는, 이른바 대가를 받고 일을 해결해 주는 해결사라는 거다. 어떤 의뢰라도 의뢰인과 해결사 간의 계약이 성립되었으면 뒤처리는 확실히 해야 해.

의뢰인을 위해서도, 우리를 위해서도."

간단한 말이었지만 하고 싶은 모든 말이 전부 들어 있다.

강비는 가만히 진관호를 바라보다가 고개를 끄덕였다.

"숙지하도록 하지."

"숙지만 하지 말고 행동으로 보여. 선하가 아주 못 잡아먹어서 안달이야. 중간에 낀 나만 고역이지. 루주 체면이 말이 아니란 말이다."

"직접 와서 얘기하면 될 텐데."

"직접 와서 얘기하기 전에 일을 깔끔하게 처리하면 될 일이다. 앞으로는 신경 좀 써."

"알겠어."

이만하면 되었다.

강비는 그 누구도 제어하기 힘든 한 마리 늑대 같은 무인이지만, 동시에 자신이 하는 말은 어떻게 해서든 지키는 사람이었다.

이전과는 달리 대답도 확실했으니, 다음부터는 달라질 것이다.

"뭐, 루주로서 할 말은 다했으니 술이나 마시지.

안 그래도 이것저것 할 일이 많아서 머리 아팠는데 오늘은 거하게 마시고 푹 쉬어야겠어."

진관호의 얼굴에는 피곤함이 덕지덕지 묻어 있었다.

하루에 두 시진의 잠도 제대로 못 자는 일이니 일신의 공부가 뛰어나다 해도 별수 없다.

한 단체를 이끌어 가는 장이란 어느 곳에서나 피곤하기 마련이니까.

강비는 아무런 말도 하지 않은 채 술병을 기울었다.

화끈한 백주. 강렬한 주향이었다.

목구멍으로 넘어가는 차가운 액체는 어느 순간 불이라도 붙은 듯 내장을 휘돌았다.

찌르르한 느낌이 묘한 쾌감을 선사한다.

"그나저나, 너 창은 어쨌어? 요새 제법 탄력이 붙은 것 같은데."

"부러졌어."

"부러져? 창이? 왜?"

"수련을 하다가."

"힘을 버티지 못했다?"

"그런 셈이지."

진관호가 피식 웃었다.

"명기의 반열엔 들지 않았어도 순도가 좋은 철을 소문난 장인에게 맡겨 탄생한 창이다. 도대체 어떤 수련을 하면 철창(鐵槍)이 부러진단 말이야? 일부러 부러트릴 놈은 아니니…… 공력 전환에 신경을 쓰나 보지?"

강비의 나른한 눈동자에 다시 한 번 광채가 빛났다.

놀랍다.

겉으로는 푼수처럼 말하는 진관호였지만, 가끔씩 보여 주는 행동과 언사를 보면 대단해도 보통 대단한 인물이 아니었다.

창이 부러졌다는 내용과, 상대의 몸에서 흐르는 기운을 보곤 어떤 수련을 했는지까지 파악해 낸다.

일대종사(一大宗師)에 달하는 안목이 없다면 불가능한 일이다.

아무리 뒷골목에서 최고의 명성을 자랑하는 암천루 루주라지만 도통 어울리지 않는 면모가 가끔씩 튀어 나온다.

강비로서도 당장 측량하기 힘든 그릇, 느껴지는 기운은 허허롭기만 한데 도대체 어떤 과거가 있는지 궁금할 따름이다.

"말이 나와서 말인데."

진관호가 슬쩍 말을 흘렸다.

피곤한 눈동자에 한 줄기 열망이 솟아난다.

강비, 그와 함께 지낸 지 삼 년 만에 처음으로 보는 기대 어린 눈빛이었다.

"뭔데? 물어볼 거면 그냥 물어보지."

"너, 천아를 좀 가르쳐 보는 건 어떠냐."

"천아를?"

강비의 나른한 눈동자 속에서 뜻밖이라는 빛이 올라온다.

진관호가 말하는 천아라는 이름, 모를 리가 없다.

다른 누구도 아닌 암천루의 조직원 중 한 명이자 변용술(變容術), 인피면구 제작(人皮面具製作), 세작 침투(細作浸透)의 달인으로 아직 스물도 채 되지 않은 어린 나이에 대단한 기술을 가진 아이였다.

정보 탈취와 정보 조작에 특히나 일가견이 있어 암천루의 정보조직을 통괄하기도 한다.

"저번부터 생각은 해 뒀다. 석 달 전에 있었던 낙양(洛陽) 백문(白門) 의뢰, 기억나지?"

"그래."

"특별히 방심한 것도 아닌데, 정보를 얻어 오려다가 천아는 거의 죽을 뻔했어. 원체 임기응변이 좋은 아이라 어찌 빠져는 나왔다지만 심각한 문제인 건 확실하지. 지닌바 공부가 얕은 녀석은 아니라지만 아직 발전 여지는 많아. 네가 좀 맡아서 가르쳐 보는 것이 여러모로 좋을 거란 생각이 들었다."

강비가 가볍게 몸을 뒤로 젖혔다.

귀찮음이 가득 묻어 나오는 몸짓이었다.

"내 공부도 바쁜데 남까지 가르칠 여유가 없어. 그럴 만한 실력도 안 돼."

"이거 왜 이래? 네 실력은 내가 잘 알아. 그 정도면 어디 가서도 일가(一家)를 이루었다 해도 부족함이 없잖나."

역시나 진관호의 안목은 비범한 데가 있었다.

그저 상대방을 띄워 주려는 의도가 아니다.

진짜로 알고 있다.

비의 수준을, 그가 익힌 무공의 수준을 꿰차고 있

는 것이다.

"더군다나 내가 배우고 익힌 건 정면에서 상대를 깨부수는 무학이야. 가르쳐 주고 싶어도 천아에게는 잘 맞지도 않을 거다."

"정통무학, 진신절학을 전수하라는 게 아니야. 손좀 봐 주라는 거지. 뜯어고칠 게 많다는 거, 봐서 알지 않나? 게다가 전장(戰場)에서 얻은 실전 경험이라면 굳이 진신절학을 꺼내지 않아도 어지간한 고수는 우습게 상대할 수 있다는 거 내가 더 잘 알아. 그런걸 가르쳐 주라는 거지."

"왜, 직접 가르치지 않고?"

날카로운 질문이었다.

하지만 강비의 질문은 진관호의 콧방귀와 함께 묵살되었다.

"장난하냐? 지금도 피곤에 절어서 잠도 잘 못 자는데 가르치긴 누굴 가르쳐? 만날 술 퍼 마시고 밥만 축내는 네놈과 같은 줄 아냐? 술을 얼마 만에 마시는 건지 기억이 가물가물할 정도다."

"이젠 아주 노골적이군."

"말이야 바른 말 아니겠냐."

이렇게까지 나오면 별수가 없다.

개인적인 행동을 상당히 존중해 주는 진관호다.

계약 사항에 없는 내용이긴 하나, 그간 봐 온 정도 있으니 계속 뿌리치기에는 아무래도 마음에 걸리는 게 있다.

가볍게 고개를 돌려 술병을 잡은 강비가 지나가는 투로 물었다.

"언제부터?"

진관호의 입가에 미소가 어렸다.

"괜찮다면 내일부터 바로 시작하는 게 좋겠지만…… 그놈, 삼 일 뒤에나 올 거다. 그때부터 한 수 지도해 줘."

"한번 해 보긴 하지."

"너에게도 좋은 경험일 거다. 남을 가르치면서 자신의 단점을 깨닫는 것, 그게 그냥 지나가는 헛소리는 아니거든."

"퍽이나."

비아냥거리는 말투였지만 나른한 말투 때문에 비아냥거리는 것 같지도 않았다.

그렇게 강비와 진관호의 가벼운 술자리는 어두운

밤까지 계속되었다.

            *   *   *

  들숨과 날숨의 반복.

  만물을 생(生)하게 하는 기(氣)가 파동을 일으키며
꿈틀거린다.

  시작은 미약했지만 시간이 지나면서 탄력이 붙고,
동시에 온몸으로 스며드는 강대의 기의 흐름은 거센
강물처럼 역동적이다.

  흡(吸)으로 대자연의 진기를 빨아들이면서 호(呼)
로 탁기는 내뱉는다.

  흔히들 이야기하는 내공심법(內功心法)의 기초다.

  고요하게 가부좌를 틀고 앉은 강비의 몸 주변으로
기이한 아지랑이가 생겨났다.

  청량한 기운, 맑고 순정하여 깊이가 남다르다.

  은은한 황금빛이 전신에서 약동하는 것 같았다.

  세속의 공부가 아니다.

  산(山)의 공부, 그것도 도가무학(道家武學)을 바탕
으로 발전한 무공이다.

가히 신공(神功)이라 불리어도 손색이 없는 힘, 자연스레 깔리는 기도가 대단했다.

한 차례 운공을 마친 그의 눈이 뜨였다.

정광이 번쩍이는 눈이었다.

평소의 나른한 눈동자와는 전혀 다른 광채가 어렸다.

극상승에 이른 수준 높은 힘을 일정 이상의 경지로 끌어올려야 만이 나올 수 있는 힘찬 눈빛이었다.

가볍게 숨을 들이쉰 그가 자리에서 일어나 바닥에 놓인 장창 한 자루를 비껴 들었다.

길이가 여섯 자가 조금 넘는 장창이었다.

잘 다듬어진 창날은 평범해 보이지만 균형미가 잘 살아 있다.

창대를 잡고 몇 차례 돌린 그가 조용히 눈을 감았다.

파바박!

조용히 땅을 스치고 지나간 발걸음 속, 순간의 탄력으로 허공을 찢어발기는 창이다.

일직선으로 뻗은 창은 흔들림 없이 곧게 공기를 뚫었다.

속도를 제하고는 볼 것이 없지만 극도로 미세한 흔들림조차 제거한 일격은 철판도 우습게 뚫는다.

한 번의 섬격(閃擊)으로 몸을 적당한 긴장 상태로 몰고 간 그가 천천히 춤을 추었다.

무예(武藝)이면서 무예(舞藝)다.

휘두르는 장창은 평소 그의 모습과는 달리 유려한 곡선에 치중한다.

속도는 범부의 눈으로도 쫓을 수 있을 정도이지만 창이 그리는 움직임이 가히 신기(神技)에 이르러 있었다.

무인들은 물론 명망 있는 예인(藝人)들도 감탄을 터트릴 만한 움직임이었다.

부드러움의 무학, 느림의 무학이다.

후발제선(後發制先)의 묘리가 극도로 잘 살아 있었다.

마치 남존무당(南尊武當), 무당산의 태극검(太極劍)을 보는 것만 같았다.

쒜애액!

그리도 부드럽던 그의 장창이 어느 순간 다시 변화를 맞이한다.

뚝뚝 끊어지는 움직임.

속도와 힘이 살아 있는 움직임이었다.

범부의 눈으로 쫓을 수 없다. 공기를 죄다 찢어발기고 나아가는 창, 기세만 보면 당장 부러질 것처럼 빠르고 격렬했다.

바닥에 쌓인 눈들이 거친 움직임에 바닥에서 솟아 허공을 비산한다.

창날을 따라 움직이는 눈.

거칠지만, 이 또한 아름답다.

세상에 존재하는 헤아릴 수 없는 선(線)이 모두 담긴 것만 같았다.

일정한 형식이 없어 한없이 자유로우면서도 강건함이 느껴지는 창이었다.

그렇게 얼마나 휘둘렀을까.

족히 반 시진은 넘어가는 움직임이었지만 땀 한 방울 흘리지 않은 강비였다.

그는 움직임을 멈추고 창을 쥔 자신의 손을 바라보았다.

미세하게 떨리는 손.

장난 좋아하는 이라면 술 때문에 생긴 병이라고 놀

려 댔겠지만 강비의 눈은 한층 심각했다.

평소의 나른함이라고는 찾아볼 수가 없다.

'이게 아니다.'

무공의 정체다.

꾸준히 늘던 무공, 최근 삼 개월 간은 도통 늘지가 않았다.

늘기는커녕 퇴보하는 느낌조차 든다.

그렇지 않아도 많이 마시는 술이 더 늘었던 까닭이 여기에 있었다.

육신의 강건함이야 원체 기(氣)의 순도가 높아 문제될 것이 없었지만, 광활한 무(武)의 세계에서 뛰놀던 자신을 누군가가 자꾸 끌어내리는 기분이 들었다.

이러면 안 된다.

자신의 상상보다 빠르게 늘어가는 무공도 제어를 해야 하지만, 정체된 무공에 대해서도 하루 빨리 문제점을 찾아야만 한다.

조급해선 안 되지만, 마냥 놔두기만 해서도 안 된다.

마음 좋게 놔두는 순간 평생을 답보 상태에서 살아

야 하는 것이다.

삶의 지독한 권태 속에서 한 줄기 빛이라고는 무예라는 두 글자밖에 없었다.

한없이 광활한 그 세계에서 살다 보면, 삶에 대한 열망이 치솟고는 했다.

딱히 살아가야 할 이유가 없었지만 죽을 이유도 없었다.

그냥 존재할 뿐인 강비에게서, 어느 한쪽의 가능성을 보았다는 것은 무조건 매달려야 할 이유로도 이어졌다.

암천루에 오기 전에는 더했다.

철저한 독립 생활.

지금이라고 크게 다르진 않지만, 과거의 그때에는 사람다운 맛조차 없었다.

비참한 여아의 시신을 보고 분노한다? 예전이었다면 그런 것에 분노나 할까. 그냥 지나쳐 버렸어도 모를 일이다.

지금은 다르다.

무에 젖어 살면서, 오래 전에 잊었다고 생각했던 사람으로서의 길이 다시 보였다. 보이는 순간 머리가 기억하고 몸이 기억했다.

그것이 기껍다.

애쓰지 않고도 자연스레 사람의 길로 들어서고 있다.

자신도 한 명의 사람이구나, 라는 걸 재차 느꼈을 때는 기뻐서 눈물까지 나왔을 정도였다.

그때부터 무공에 정체기가 찾아왔다.

그는 가볍게 눈살을 찌푸렸다.

나른하고도 나른한 표정 위로 뭔가가 마음에 안 든다는 듯, 이러한 표정을 지을 수 있는 일도 세상에 또 없을 것 같았다.

"답답한 노릇이군."

일정 이상의 경지에 들어선 무인들에게 정체기란 당연히 올 수 있는 일이다.

강비도 그것을 알고 있었다. 심지어 이전에도 몇 번씩 겪었던 일이기도 했다.

하지만 이번에는 뭔가가 다르다.

이전의 정체기가 진흙으로 만들어진 벽이었다면, 이번 벽은 굵은 철판으로 만들어진 벽이다. 도무지 부서지지가 않는 느낌이었다.

가볍게 한숨을 쉰 그가 중얼거렸다.

"어떻게든 되겠지."

될 대로 되라는 심정은 아니었다.

이리도 답답한 와중이지만 그는 가슴속 어딘가에서 휘몰아치는, 어떠한 느낌을 받을 수 있었다.

어렵지만 가능하다.

돌파할 수 있다.

이번 한계 역시, 훨씬 어렵지만 충분히 깨부술 수 있다.

자신감과는 다른 감정이다.

당연하다는 감정…….

그러면서도 정작 눈앞에 결과가 나오지 않으니 더 답답한 건지도 모르겠다.

"혼자서 뭘 그리 중얼중얼 거리냐?"

언제나처럼 똑같다.

마치 하늘에서 뚝 떨어진 귀신처럼 나타났다.

진관호가 그의 좌측 숲에서 걸어 나오고 있었다.

왼손에는 문서처럼 보이는 뭔가가 들렸고 오른손에는 시커먼 천으로 둘러싸인 길쭉한 물건이 들렸다.

"알 바 아니다."

"대답 한 번 가관이군. 이놈의 조직 언제 한 번 싹 갈아엎어야겠어. 이러다가 심화(心火)라도 생기면 뒷목 잡고 쓰러지겠다."

"무슨 일이야?"

진관호의 표정이 조금은 진지해졌다.

"의뢰다."

"무슨 의뢰?"

"설명은 나중이다. 일단 이것부터 봐."

조용하게 건네는 문서 한 장이다.

강비의 눈이 문서에 적힌 내용을 훑어 내렸다. 읽는 것은 순식간이다.

그다지 긴 글도 아니었다.

그러나 고개를 갸웃하게 만들기에는 충분한 내용이다.

"송풍문(松風門)의 풍검대주(風劍隊主) 상호(祥虎)에게서 삼 년 전 살인사건에 대한 자백을 받아 내라? 뭐야, 이거?"

"일단 송풍문이 어디에 있는 곳인 줄은 알지?"

"무당산 옆쪽에 있지 않나?"

"맞아. 호광 북부, 융중산 인근에 자리 잡은 문파지. 대방파라고 하기는 뭣하지만 백 년이 넘어가는 역사를 가진 무파(武派)다. 문주도 올곧은 인물이고 문규도 제법 엄격한 편이어서 당당히 명문의 문파로 이름을 날리고 있지. 세간의 평도 굉장히 좋아. 관가가 그 인근에서는 필요가 없을 정도로 치안에도 힘쓴다고 하더군."

"계속 해 봐."

"하여간 말버릇하곤. 상호라는 작자는 그런 송풍문에서도 대주직을 맡을 정도로 뛰어난 인물이야. 마흔 전후의 나이로 보이는데 놀랍게도 문주보다 강할 것이라 예측되는 인물이라 하더군. 그런데 그자, 제대로 파 보니까 미심쩍은 부분이 많았어. 분명 군자처럼 행동하고 실제로 평도 아주 좋아. 한데 가끔씩 주거가 예측되지 못한 부분이 있다는 거야. 그 주거가 확실하지 않은 날이 몇몇 기묘한 사건들과 일치가 되는 날짜더라, 이거지. 인근의 살인사건, 실종사건 등. 일치되는 숫자만 해도 무려 일곱 건이다."

"우연일 수는 없나?"

"진담으로 하는 말인가?"

강비는 고개를 저었다.

혹시나 하고 말했을 뿐이다. 짚고 넘어가야 할 부분이 있는 것이다.

실상 강호의 일에, 우연 따위는 절대로 존재하지 않는다는 게 강비의 지론이었다.

그런 걸 떠나서 암천루의 정보력이라면 드러나지 않았을 뿐, 정보로 천하제일이라는 개방(丐幫)에 뒤지지 않는다고 했다.

게다가 루주인 진관호의 안목 역시 타의 추종을 불허한다.

"솔직히 워낙 철두철미한 놈이라 이쪽에서도 증거를 꿰차기에 어려움이 많아. 주변 목격자들도 다 죽이는 모양인데, 확실히 쉽지가 않지."

"심증은 있는데 물증은 없다?"

"그렇지. 목격자도 없고 하다못해 살인사건의 경우 시체 처리도 제대로 해 놔서 뭐 어떻게 파고들 여지가 없어."

"아무리 그래도 그 정도가 되면 주변에서 의심들을 하지 않겠나?"

"아까 말했지? 송풍문은 평이 좋다고. 상호도 평이
좋지."

"위화감을 느끼면서도 묻어 버리는 거로군."

"비슷해. 주변 사람들도 설마, 싶은 것이고."

"의뢰인은?"

"상인이야. 비단 상인인데 삼 년 전에 자신의 딸이
간살을 당했다고 하더군. 관에서도 적극적으로 나서
지 못하는 모양이고, 삼 년간 돈을 풀어 자체적으로
조사를 해 봤는데 상호라는 놈이 영 의심스럽더라,
이거야. 파 보니까 의심스러운 수준을 넘어서 확신을
하게 됐다대."

"놀랍군. 일개 상인이 그 정도로 파기 쉽지 않았을
텐데."

"딸이 죽었으니까."

자식이 죽었다.

그것도 딸이 죽었다.

자식에 아들딸 구분이 어디 있겠느냐 만은, 딸이
간살을 당했다.

자식을 잃은 부모의 심정, 살아 있는 것 자체가 지
옥이었을 것이다.

"심증은 있는데 물증이 없으니 잡기가 힘들고, 명성도 높으니 건드리기가 쉽지 않아. 사실 그런 걸 떠나서 의뢰인은 잡아다가 직접 복수를 하고 싶은 모양인데 그것까진 무리라고 본다. 범인이 누구인지 찾아내는 것, 거기까지가 의뢰인의 한계였던 거야. 상호 그놈 의외로 인맥도 대단하더군. 하여간 소위 악당이란 것들도 능력이 없으면 못할 짓이야."

"그래서 그놈을 족쳐서 사실을 실토하게 만들어라?"

"그래."

"하필이면 왜 나야. 두어 달간 놀고 있는 양반도 따로 있는데. 천아도 가르치라며? 내일이면 도착한다더니."

진관호가 피식 웃었다.

"그 양반은 은근히 성질머리가 있어서 안 돼. 그리고 상호, 이 자식 악질이면서도 엄청나게 끈기가 있다더군. 지가 행한 범법 행위들이 얼마나 무지막지한 건지도 잘 알고 있으니 쉽게 나불대지도 않을 거다."

고문을 해서라도 알아내라.

무력과 악질을 파악하는 눈치를 더하여 고문까지 능한 자.

강비의 눈가에 피곤함이 어렸다.

"이 달만 벌써 의뢰가 세 개째야. 노동 착취라고."

"별수 있겠나? 너무 그러지 마라. 갔다 오면 네가 그렇게 노래를 부르던 천하 명주를 한 통 사다 놓으마."

"약속 꼭 지켜."

"걱정도 팔자다. 아, 그리고 이거."

품에서 한 장의 서신을 더 꺼내 든 진관호.

강비가 서신을 열람했다. 한 장의 지도였다.

"열흘 뒤, 융중산에서 풍검대가 수련을 하고 자리를 비웠어. 일종의 수련 기간인 모양인데 보통 부대주에게 맡겼던 상호가 직접 간다더라. 지도에 붉은빛으로 표시된 길목 있지? 거기가 하산하는 길목이야. 별 이상이 없으면 그쪽으로 길을 잡을 거다."

"여기서 기다렸다가 그놈만 잡아 와라?"

"아마도 그게 제일 쉬울걸."

"풍검대의 전력은?"

"글쎄다. 본루의 정보로 보면 구대문파(九大門派)의 정예와는 당연히 차이가 날 것이고, 어지간한 중소문파보다는 조금 더 강하다고 보고 있어. 인원수는 총 백 명이야. 대강 강서 금도방(金刀房), 용도단(龍刀團)과 비슷한 수준으로 보고 있다."

"돌겠군."

금도방은 일 년 전 의뢰를 받고 침투했던 곳이다.

그때 보았던 금도방의 용도단 무력은 상당한 것이었다.

대문파의 전력이라 보기에는 부족한 점이 있었지만 한 명, 한 명의 무인이 어디에 내놔도 제 몫을 할 수 있을 만한 수준이었다.

그런 무인들 백 명에 문주보다도 강한 대주 한 명이라.

"술은 최고급으로 준비해 놔."

"당연하지. 맛 좋은 안주는 덤으로 준비할게."

그러면서 진관호는 깜빡 잊었다는 듯 오른손에 들린 길쭉한 물건도 건넸다.

"잊을 뻔했군. 받아라."

"이게 뭔데?"

"창이다."

"창?"

"천이나 풀어 봐."

검은 천이 나풀거리며 허공을 노닐었다.

드러나는 당당한 몸체.

아무런 특색도 없는 모양에 길고 단단한 창대가 고요하게 빛나고 있었다.

밝음과 어두움이 공존한다.

호쾌한 인상이 강하게 드는 장창, 그가 군문에서 사용했던 창과 상당히 흡사하여 손에 금방 익을 듯싶다.

"어지간한 철 보다 순도가 높은 강철로 만든 거야. 아무래도 단단한 놈으로 찾기야 했는데 어떨는지 모르겠군."

손에 들리는 창.

적당한 무게에 균형미가 잘 잡혀 있다. 마음껏 두르기에 부족함이 없다. 창날이 두터우면서 날이 잘 서 있다.

어지간한 병기는 마주쳐 깨 버릴 정도로 강렬한 단단함이 느껴졌다.

이전, 전장에서 썼던 어떠한 병기보다도 손에 착 달라붙는 느낌이었다.

"좋은 창이야."

"상당히 위험한 의뢰다. 정신 바싹 차리라고."

"출발은 오늘 밤으로 하지."

"병기가 익숙하진 않을 텐데 괜찮겠어?"

강비는 귀찮다는 듯 손짓했다.

"술상이나 봐 둬."

*　　　　　*　　　　　*

하남에서 호광 북부까지는 한달음이었다.

인접한 성, 더군다나 열흘의 시간이라면 아무리 인접한 성이라 한들 여유부릴 시간은 되지 않는다.

가서 지형을 파악하고 나름의 길을 모색하려면 빠듯한 시간이기도 했다.

강비는 달렸다.

달리는 걸 넘어서 거의 나는 수준이었다.

무공을 모르는 범부들이 본다면 사람이 아니라 덩치 큰 새가 난다고 착각할 정도였다.

전신에서 치솟는 기.

무공이 정체되었다고는 하지만, 그가 보고 익혀 왔던 무공은 결코 만만한 것이 아니었다.

만만한 수준이 아니라, 무공 자체의 수준만 논하자면 천하 정점을 다투어도 손색이 없는 절기들이었다.

아직 강비의 경지가 무공의 수준을 따라가지 못할 뿐, 비급이라도 세상에 나오면 피바람이 돌 만한 무학 절예들이라는 것이다.

단전에서 일어난 기가 전신을 맴돌다가 두 다리로 강렬하게 스며든다.

강건하면서도 역동적인, 그러면서 묘하게 부드러운 기운이다.

호천패왕기(護天覇王氣)였다.

강비의 스승. 화산(華山)의 한 진인(眞人)이 있어, 파문되어 군문으로 흘러 들어가 황궁의 절학들과 융합시켜 만든 지고(至高)의 신공(神功)이다.

시작은 도문의 무학이었으되 나타난 결과물은 도문의 공부답지 않게 패도적이고 역동적이다.

호천(護天). 하늘을 수호한다.

하늘이란 곧 천자(天子), 황제를 일컬음이다. 또한 패왕, 패자의 이름까지 붙었다.

홀연히 일어난 패자가 천하를 수호하는 기의 공부 였다.

스스로 창안해 놓고도 육신이 쇠약하여 끝을 보지 못했던 공부이기도 하다.

그 공부가 강비에게 어느 정도 스며들었을 때, 스 승은 기나긴 생을 마쳤다.

아릿하게 떠오르는 주름진 얼굴.

돌아가신 스승의 얼굴을 생각할 때면, 어쩔 수 없 는 슬픔에 젖고야 만다.

십 년에 가까운 세월이 흘렀음에도 그건 어쩔 도리 가 없다.

스승이 생각나고 익힌 무공이 생각이 난다.

과거의 일도 가끔씩 고개를 들었다.

유쾌한 기억은 그다지 없는 것인지 과거를 회상할 때마다 기분은 영 좋지가 못했다.

그렇게 이런저런 생각을 하며 도달한 융중산.

산세가 참 좋다.

과거 와룡(臥龍) 제갈공명(諸葛孔明)이 은거했던

산이라, 어쩐지 신령스러운 느낌도 드는 것 같다. 강비는 창을 대충 어깨에 걸치고는 지도를 꺼내 들었다.

대강 비슷한 곳까지는 왔다.

이런 지도는 어디서 구하는 건지 대단히 정교해서 지형의 특징까지 잡혀 있다. 여기쯤, 하는 느낌이 없이 여기가 여기구나, 라는 느낌만 남는다.

품에서 말린 육포 하나를 꺼내어 씹은 강비가 가만히 봉우리 하나를 쳐다보았다.

'저긴가.'

풍검대의 수련 장소.

내공이라도 실어 소리를 치는 것인지 강렬한 울림이 여기까지 들렸다.

시간으로 보면 닷새 후에 하산이었다.

그전까지 지형의 숙지와 세부 작전까지 세워 놓아야만 했다.

'작전이라.'

사실, 작전이랄 것도 없다.

오면서 무수한 생각을 해 보았는데, 역시나 정면 돌파밖에 답이 없다.

신법(身法)에 자신이 있지만 백 명이나 되는 들개를 일일이 떨쳐 놓은 채 잡아 갈 수도 없는 노릇이고, 죄다 박살을 내놓는 것이 심적으로 편하긴 하지만 아직 그들의 정확한 수준을 모르는 이상 그도 섣부른 판단이라 할 수 있었다.

혹시나 해서 객잔이라도 들릴까 의문을 품었지만 그런 생각은 접었다.

무공을 일정 이상 익힌 무인들이다.

융중산에서 송풍문까지 거리를 생각하면 일반 범부가 아닌 바에야 반나절도 걸리지 않아 도착할 것이다.

그 또한 하나의 수련으로 보며 엄청난 속도로 달릴지 누가 알겠는가.

중간에 쉴 이유가 없다.

'어쨌든, 상황을 보며 대처할 수밖에 없다는 거로군.'

답답하면서도 한편으로는 시원하기도 했다.

상황을 보며 대처하는 것, 작전을 짜서 손발을 맞추는 것보다 그게 성정에도 맞고 실제 경험도 많다.

하지만 주변 지형지물을 파악하는 것은 결코 잊지

말아야 할 수순이다.

그는 천천히 산 주변을 돌며 미세한 것 하나까지 파악해 갔다.

권태롭기 짝이 없던 그의 눈빛은 융중산에 도달한 순간 찾아볼 수 없을 정도로 날카롭게 변해 있었다.

그렇게 산을 떠돌며 닷새.

마침내 그들이 하산할 시간이 다가오고 있었다.

*   *   *

강비가 출발하고 난 엿새 뒤 아침.

진관호의 집무실로 당선하가 뛰어 들어왔다.

쾅! 하며 열리는 집무실 문짝.

거의 박살을 내놓겠다는 의지가 확연한 소리다.

기척을 잡아내 오는 건 알고 있었지만 워낙 서슬이 시퍼래서 진관호조차 찔끔했다.

"뭐, 뭐야?!"

"루주님!"

"왜 그리 흥분해? 진정하고 여기 앉아."

"제가 지금 진정하게 생겼어요?!"

"아니, 도대체 왜 이러는지 알 수가 없군. 내용이라도 알아야 무슨 말이라도……."

당선하의 얼굴은 거의 폭발하기 직전의 화산과 닮아 있었다.

손가락으로 찌르면 당장이라도 피가 배어 나올 것처럼 달아올라 있었다.

"이번 작전, 또 강비 그 사람을 보냈다면서요?!"

"그럼 안 되는 건가?"

"안 되죠! 무리하더라도 두 명 이상을 투입시켰어야 했어요!"

어쩐지 알 것 같은 기분이다.

진관호는 손을 저었다.

"너무 그렇게 걱정하지 마. 네가 생각하는 그런 끔찍한 사태는 일어나지 않을 거니까. 이전과는 달리 대답도 확실하게 받아 놨고, 풍검대까지 작살을 내놓지는 않을 게다. 설령 그리 마음을 먹어도 가능할지 의문……."

"그런 게 아니란 말이에요!"

"그럼 뭐야?"

당선하의 얼굴.

이제 보니 단순히 흥분만 한 것이 아니었다.

흥분한 얼굴 밑으로 급박함이 느껴졌다.

진관호의 얼굴도 그녀의 분위기를 받아서인지 천천히 굳어져만 갔다.

"무당파, 현성진인(玄星眞人)이 송풍문에 있다는 보고가 들어왔어요!"

"무당파! 현성진인이라고?!"

진관호의 눈빛이 얕은 파랑을 일으켰다.

무당파와 현성진인이라는 두 개의 이름.

강호, 천하 무림의 아홉 기둥이라는 구대문파(九大門派) 중 북숭소림(北崇少林) 남존무당(南尊武當)이라 하였다.

소림사와 무당파, 당금 구대문파의 수좌라 할 수 있으며 천하에서도 그와 같은 강력한 힘을 가진 단일문파는 거의 찾아볼 수가 없다.

구대문파의 수좌라면, 천하 무림문파의 수좌라고 봐도 무방하리라.

그런 무당파의 현성진인이다.

현성진인이라 하면 무당의 원로로 현재 장로의 직책을 맡고 있으며 권장(拳掌)의 달인이다.

고고한 학.

천하에서 상대할 이가 많지 않은 초상승 경지의 고
수다.

"왜 그 중요한 사안을 지금 말하는 거야!"

"보고가 올라오자마자 뛰어온 거예요! 비선각을 통
해서 방금 들어온 보고라고요!"

"이런 제길!"

쾅! 소리와 함께 탁자가 흔들렸다.

손바닥으로 상을 친 진관호의 얼굴은 한껏 일그러
졌다.

암천루의 루주로서 심동을 겪게 만드는 일이 그리
많지 않거늘, 이번에는 그런 얼굴도 대번에 무너졌
다.

송풍문에 무당파 장로가 와 있다.

이거 엄청나게 큰 문제다.

어차피 길목에서 잡을 테니, 그와는 상관이 없을
수도 있다는 낙관적인 생각 따위 싸잡아다가 버려야
한다.

변고가 일어나고 풍검대원들이 문으로 뛰어가 보고
를 하면, 현성진인은 무조건 움직인다.

송풍문주와의 친분으로 강호 주유를 하다가 놀러 간 모양, 무슨 수를 써서라도 도와줄 것임을 확신한다.

하물며 길목에서 잡지 않고 송풍문과 거리가 가까운 곳에서라도 잡으면 문제는 더 커진다.

발목이 잡히는 순간 현성진인이 당도할 것이다. 실상 그런 상황까지 간다면 현성진인이 없어도 문제가 커지는 것이겠지만.

진짜 문제는 강비가 현성진인을 상대할 수 없다는 것이다.

강비 역시, 젊은 나이로 일가를 이룬 고수였다.

느껴지는 힘을 보아하건대 구대문파의 후기지수들조차 가벼이 눈 아래로 볼 수 있을 만한 무력이다.

하지만 장로는 다르다.

괜히 구파의 장로들을 구름 위의 신선이라고 부르는 게 아니란 말이다.

강비가 제아무리 신법에 자신이 있다고 해도, 현성진인이 마음만 먹고 추격한다면 이틀 안에 잡힐 가능성이 농후하다.

상황을 보고 의뢰를 포기해야만 한다.

상호를 내버려 두고 훗날을 기약하는 게 정답일 것이다.

의뢰자에게는 미안하지만 이번 의뢰는 실패한 채 도주하는 게 최선이었다.

만약 잡힌다면?

'비가 위험하다.'

성정이 워낙 성정인지라 암천루 소속임을 말하지도 않을 것이고 최대한 피해를 주지 않기 위해 단독 범행으로 꾸밀 놈이 강비다.

어쩌면 강한 상대와 싸우게 됐다면서 좋다고 한판 하려 들지도 모른다.

이제는 강비가 풍검대 자체를 몰살시키는 걸 바라야 할 정도다.

최소한 목격자가 다 사라지면 송풍문에 들어갈 보고도 늦어진다. 그럼 무사히 도주할 수 있을 가능성이 높아진다.

하지만 멀리 내다보면 그 또한 문제다. 잡아야 할 놈은 풍검대주 상호 하나다.

나머지 대원들을 죄다 황천길로 보내 버리면 마두(魔頭)가 출현했다며 떠들어 댈 것이고, 강호에 숱한 정보대대가 움직이게 될 것이다.

생각만 해도 아찔한 결과다. 어떻게 되어도 위험하다.

강비나, 암천루나.

"이런 망할!"

암천루를 운영하면서 이런저런 사건들도 많이 겪었다.

정말 암천루 자체가 와해될 지경까지 가 본 적도 있었다.

그러면서 깨닫게 된 것은, 구대문파와는 어떻게 해서든 엮이면 안 된다는 것이다.

구대문파보다 한수 처진다는 오대세가(五大世家)가 끼어서 박살 날 뻔한 적도 있었는데 구대문파는 오죽하랴.

섣불리 건드리면 호랑이들이 우글대는 철창 안에 홀로 내던진 여우 신세를 면치 못한다.

진관호의 눈에 나른한 눈동자, 피곤함이 묻은 강비의 얼굴이 새하얗게 비쳐 들었다.

"비선각(秘線閣) 총가동해! 지금부로 이 상황이 해결될 때까지 어떤 의뢰도 받지 않는다! 서문 노인 위치 당장 파악해!"

*   *   *

'오는가.'

저 멀리 봉우리에서 치솟는 검기(劍氣)가 잠잠해졌다.

풀어지는 분위기다.

저토록 먼 거리였지만 강비는 알 수 있었다. 풍검대의 수련이 끝난 것이다.

'슬슬 준비를 해야겠군.'

등 뒤, 적당한 무게감을 자랑하는 창의 창대를 쥐었다.

우웅.

'좋은 병기를 얻었어.'

이 정도 강도라면 괜찮다.

손에 잡히는 느낌도 좋고 마음껏 휘둘러도 안전했다.

무공의 정체는 있을지언정 최근 들어 급격하게 불어난 공력 탓에 제어가 잘되지 않아 병기가 부러지는 일이 많았다.

그러나 이 정도의 강도라면 단전에 거하는 모든 공력을 일시에 쏟아부어도 충분히 버틸 것 같다는 생각이다.

'권으로 상대해도 되겠지만.'

창술과 권법.

두 가지 무학에서 특히 빼어난 그는 또한 두 무공을 자유자재로 구사했다.

그러나 균형이 맞질 않아 창술에 비중을 두었는데 마침 시험해 보는 것도 괜찮을 듯싶었다.

천천히 길목으로 나오는 그다.

가만히 눈을 감고 그들의 움직임을 주시했다.

삼엄한 검기, 다소 풀어졌지만 이틀 전보다 뿜어지는 검기의 기세가 완연했다. 숨겨도 숨겨지지 않은 살벌함이다.

얼마나 수련을 했다고 이 정도의 성취가 나오는 것인지 궁금할 정도였다.

'인재들이라는 건가.'

무의 재능이 특출 난 자들이라는 소리다.

지금은 고수라 하기에 부족함이 있을지언정 몇 년

만 지나면 이 풍검대라는 조직은 그 지역에서도 손에 꼽힐 만한 전투 집단이 될 거라는 생각이 들었다.

그리고 그들 앞에서 당당하게 길을 잡는 자.

유독 돋보이는 기운이 전신을 찌르고 있었다.

칼날 같은 위세다. 다른 백 명의 대원들 사이에서 충천하는 검기가 인상적이었다.

제대로 검을 익히고, 제대로 검을 이해한 자이리라.

보지 않아도 알 수 있을 정도로 전해져 오는 힘이 날카롭기 짝이 없다.

'상당한데.'

감았던 눈이 뜨이고.

나른했던 그의 눈동자에 감탄과 기대가 어렸다.

풍검대의 전면에서 유독 돋보이는 존재감을 풍기는 자.

상호가 분명하다.

풍검대주, 어쩌면 송풍문의 문주보다도 강할 것이라 예측이 되는 자.

'상당한 수준이 아니야. 이 정도면……'

듣기로, 송풍문은 무공 보다는 부드러움과 협의(俠義)로 이름을 날린 문파라고 했다.

물론 무력 또한 상당하겠지만 인상적이라 할 만큼 대단한 수준은 결코 아니라는 것이 세간의 평가다.

하지만 저 상호는 다르다.

왜 일개 대주 직에 있는 것인지 의문이 갈 정도로 대단한 기세다.

일가(一家)를 이룬 자, 지금의 강비로서도 방심을 한다면 충분히 저승길로 보낼 수 있을 만한 능력이 있는 사람이었다.

'차라리 기습을 가할까?'

고개를 젓는다.

처음에는 그랬다.

기습을 하여, 단숨에 몰아쳐 상호를 제압하고 납치하기로.

하지만 뭔가 모를 불안감에 작전을 바꾸었다.

당당하게 길목에 서서 한판 시원스레 대무를 신청하기로.

기습을 가한다면 자칫 상대해야 할 사람들이 백 명으로 늘어날 수 있지만 일대일, 정정당당한 대무라면 어떻게든 때려 눕혀 도주할 수 있을 가능성이 있다.

그는 그것을 노렸고 아무래도 이 판단이 가장 적합하다고 생각했다.

'한데 왜 이런 불안감이……?'

그게 문제였다.

어제 밤부터 묘하게 뇌리를 자극하는 불안감.

전장에 있었던 과거 생각이 났다.

그때처럼 폭발적인 강렬함은 없었지만 생사에 문제가 생길 것 같은 불안감은 똑같이 전해져 왔다.

그것이 강비를 조금 당혹케 했다.

이른바 전장에서 얻은 죽음의 육감이라 해야 할 것이다.

'그저 느낌 탓인가?'

상호의 기파에 집중했다.

대단한 실력이긴 해도 못 상대할 정도는 아니다. 마음만 먹고, 진신절학을 전부 개방하면 충분히 제압할 수 있을 정도의 역량이다.

'일단은 의뢰에 집중한다.'

결국 그것이 답이다.

불안감이 실재한다면, 어떻게든 모습을 드러낼 것이다.

차후 일은 차후에 생각해도 늦지 않다.

그렇게, 강비와 풍검대가 대치했다.

2.
회상(回想)

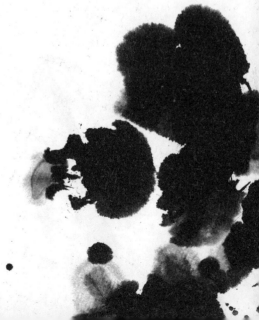

"지금 뭐라고 했지?"

상호의 어리둥절한 물음에 강비는 나른한 어조로
말했다.

"풍검대주 상호, 당신과 한판 겨루어 보고 싶다 했
소."

그다지 예의가 있는 말투는 아니었다.

심지어 나른함까지 더해지니 어쩔 수 없이 상대해
주겠다는, 실로 오만함이 가득한 분위기까지 더해졌
다.

자신이 나서고도 상대해 주겠다는 분위기, 굉장히

묘한 분위기다. 그래서 오만함은 배가 되었다.

"저런 발칙한 놈!"

"이분이 뉘신 줄 알고!"

혈기 방장한 대원들의 목소리가 산중을 울렸다.

아직 젊디젊은 나이들이다.

그들의 눈에 강비의 작태는 그야말로 때려죽여도 시원찮을 모습이었다.

아무리 타인이라지만, 아니 타인이었기에 더욱 존중을 해야 마땅할 일이 아니겠는가.

강비의 모습에서는 그러한 예의라는 게 눈을 씻고 찾아봐도 없었다.

하물며 나이도 어려 보이는 녀석이.

상호가 가만히 손을 들어 소리치는 대원들의 입을 막았다.

순식간에 조용해지는 목소리, 아무리 상관이라도 풍검대를 완벽하게 장악하지 않았다면 이러한 광경을 보이기 힘들 것이다.

"이유를 알 수 있겠는가?"

"이유가 중요하오?"

"중요하지. 보건대 본 풍검대의 수련을 알고 길목

에서 기다린 것 같은데, 작심을 하고 왔군. 풍검대가 융중산에서 수련을 하는 거야 주변 사람들도 다 알 일이니 괜찮다지만 이 길목에서 기다렸다는 건 아무래도 께름칙한 일이 아니겠나? 묻겠네. 어디서 온 손님인가?"

날카로운 구석이 있는 사람이다.

악행을 저질렀던 과거 때문일까. 나름의 철두철미함이 엿보인다.

하지만 강비는 어깨를 으쓱할 뿐이다.

"봉우리에서 느껴지는 검기가 있었소. 그걸 느꼈다면 이곳 길목으로 오리란 걸 예측하는 것은 달리 어려운 일도 아니지."

기세를 느끼고 길목을 파악했다.

상대 역시 고수라는 뜻이다. 상호의 눈동자가 반짝였다.

"호오…… 기파를 읽고 길목에서 기다렸다?"

"말상대나 하려고 온 것이 아니오. 내가 기대했던 것은 상호의 검력(劍力)이지 한낱 혓바닥이 아니란 거요. 그래서 한판 할 거요, 말 거요?"

예의가 없는 걸 넘어선 도발이었다.

도발도 이런 도발이 또 없다.

청수한 상호의 안색이 굳어지고 풍검대원들의 몸에서 살벌한 분위기가 피어오른다.

모두 입은 닫고 있었지만 분노와 적의를 확연하게 피워 올리고 있었다.

심지어는 창을 쥐고 까딱거리기까지 한다. 문답무용, 덤비라는 모습이다.

상호의 얼굴에 서리가 내려앉았다.

"나와 풍검대를 앞에 두고도 그처럼 여유로울 수 있는 기상 하나만으로도 자네의 대단함을 알 수 있겠네. 하나 예법이라고는 도통 찾아볼 수 없는 오만한 태도를 고칠 필요는 있을 테지. 보아하니 한 수 실력이 있는 모양인데, 강호의 동량으로 크려면 일신에 어린 공부에 맞는 예도 갖추어야 함이 마땅할 것이야."

"훈계는 그만. 송풍문의 풍검대주 상호의 무명이 허명이었던가? 한참이나 어린 사람을 두고도 꽁무니를 빼다니, 역시 소문은 믿을 것이 못 되나 보군."

도발의 정점이었다.

몇 마디만으로 상대의 울화를 폭발하게 만든다.

상호의 두 눈에서 은근한 살기가 묻어 나왔다.

강비의 눈에 이채가 띤다.

살기. 너무나도 미약하여 누구도 파악하기 힘들 것 같은 살기였지만, 온갖 종류의 살기가 난무하던 전장에서 인생을 보냈던 강비다.

상대의 살기를 잡는 능력만큼은 발군이라 할 수 있었다.

'저 살기.'

군자라 했던가. 아무리 예법에 어긋났다 한들 까마득히 어린 후배를 보면서 살기를 뿜는 건 문제가 있다.

확실히 군자라는 소문과 다른 모양이다.

더군다나 살기의 질도 최하다.

음습한 살기, 정심한 무공을 익혔음에도 불구하고 드러난 살기의 질이 음험함의 극치를 달린다. 악기(惡氣)라 해도 과언이 아니다.

"아무래도 자네에게는 말로만 내리는 가르침 보다, 그 육신에 때려 박아야 할 가르침이 시급한 것 같군."

"알았으니까 어서 나오시오. 시끄러우니까 말 좀 그만하고. 도대체 언제 겨룰 거요? 겁이 나면 말하시오. 다시 돌아가면 그뿐이니까."

이제는 완전히 상대를 아래로 보는 어투였다.

풍검대 대원들 전원의 몸에서 불같은 검기가 치솟는다.

정심한 무공, 수준은 높지 않다고 하지만 기세 하나는 놀랍다. 그러나 젊음의 혈기는 있을지언정 살기는 없다. 그만큼 수양이 나쁘지 않다는 뜻이리라.

상호와는 다른 이들.

송풍문, 송풍문 하더니 이들의 모습을 보건대, 정말 송풍문이라는 문파는 전형적인 정파의 무문인 모양이다.

상호의 몸에서 솟구치는 검기가 진해졌다.

두 눈이 칼날과도 같다. 그의 입에 천천히 열렸다.

"이해할 수 없군."

허리춤의 검을 잡는 손. 검집을 쥐고 발검을 하려는 게 아니라, 칼자루에 손을 얹는다.

"타고난 성정이 있다한들 자네는 좀 지나친 감이 있어. 실력 때문에 오만하다는 느낌은 들지 않는군. 나를 이렇게나 도발한 이유가 따로 있는 건 아닌지?"

날카로운 자다.

숱한 악업, 입에도 담기 힘든 짐승 같은 짓을 저지른 자여서 그런지 철두철미하며 눈치가 빠르다.

아무리 악질이라 하나 강호에서 굴러먹은 세월이 얼마인가.

상호는 당장 살심을 품었음에도 이성의 끈을 놓지 않고 현재를 분석하고 있었다.

강비가 피식 웃었다.

같잖다는 웃음이랄까.

나른한 표정에 어린 그와 같은 미소는, 세상 모든 지략가들이 보고 배워야 할 도발의 끝이었다.

상호의 얼굴이 시뻘겋게 변한다.

"당신이 뭐 대단한 사람이라도 된다고 이유를 찾아? 송풍문에서 가장 무력이 출중하다고 해서 찾아왔을 뿐이다. 하지만 이거 실망이군. 개처럼 꼬리를 말 무인이었다면 여기까지 오지도 않았을 텐데, 다리만 고생했어. 이만 간다. 풍검대주 상호의 이름은 비웃을 가치도 없음을 알았으니 소문 낼 일도 없어. 그 부분에 대해서는 걱정하지 마. 다시 보지 말자고."

정말로 몸을 돌리며 휘적휘적 걸어가 버렸다.

들었던 창은 재차 어깨에 건 뒤 느릿느릿 걷는다.

용무는 끝났다는 모습이다.

진짜로 가 버린다.

기가 막혀 말도 나오지 않았던 상호, 그의 입에서 천둥 같은 외침이 터져 나왔다.

"멈춰라!"

내공까지 가득 담아 내지르는 일갈이었다.

강비가 느긋하게 고개를 돌렸다.

"용무가 있나?"

"네 이놈! 상대를 그토록 경시하는 말투라니! 얼마나 대단한 공부를 일신에 익혔는지 모르겠지만, 내 직접 너의 오만함을 확인해 주마!"

"굳이 그럴 것까지 있겠어? 대원들 본다고 무리하지 마. 자존심 챙기는 것보다 그냥 쪽팔린 게 낫지. 세월 지나면 다들 잊는다고."

차아앙!

발검(拔劍)이다.

상호가 검을 빼어 든 채 천천히 앞으로 나섰다.

무서운 안광, 소름끼치는 기세였다. 전신에서 뿜어지는 검기는 이제 더 올라설 곳이 없을 만큼 치솟았다.

용케도 살기는 숨기고 있지만 폭발하기 직전의 화탄과도 같은 기세였다.

"오라. 나이를 감안하여, 세 합은 받아 주겠다."

강비의 입가에 다시 한 번 미소가 어렸다.

'연기 잘하는데그래?'

우웅, 하는 소리와 함께 창이 그의 손에 잡혔다.

적당한 무게감, 믿음직한 창봉과 창날의 날카로움이 전신에 활력을 넘치게 만들어 주었다.

천천히 창으로 상호를 겨누는 강비다.

"와라."

"좋지."

파아아악!

순간 바닥을 박차는 강비.

무공을 전개하고자 마음을 먹으니, 전신에서 개방되는 기세가 실로 대단하다. 확장하는 기세, 놀라운 기파였다.

상호의 얼굴에도 놀라움의 기색이 역력했다.

쩌어엉!

검과 창이 부딪쳤다.

'크윽.'

단 한 수였다.

팔 하나가 떨어져 나갈 것 같은 통증이 전신을 가득 메운다. 무시무시한 공격력, 속도를 이어받은 장창의 무게감이 그대로 실린 일격이었다.

'강하다!'

상대의 역량을 평가하는 데에 한 수면 족하다.

상호의 몸이 순간 사선으로 돌아가며 좌장(左掌)을 뻗어 강비의 측면을 노렸다. 본능적인 대처였다.

퍼억!

막혔다.

가볍게 손에 쥔 창대를 움직여 창대 끝으로 장을 막는데, 찰나지간 휘몰아치는 힘이 대단히 탄력적이다.

상호는 치밀어 오르는 아픔을 뒤로 한 채 재차 검을 뻗었다.

그러나 그 또한, 창대의 반 바퀴 회전 한 번으로 인해 무위로 돌아가고야 말았다.

강비가 어깨를 으쓱였다.

"세 합을 받아 준다더니?"

상호가 이를 갈았다.

'어디서 이런 놈이?!'

기합성을 발할 시간도 없다.

말과 함께 바로 공격이 들어온다.

날카로운 창격이 무자비하게 짓쳐들어오는데 그냥 대놓고 몸통을 박살 낼 기세였다.

상호의 검이 기기묘묘하게 움직였다.

마치 뱀처럼 부드럽게 들어와 강비의 창을 통제하려 한다. 쇠로 만든 검이 채찍처럼 변하는 듯하다.

강비의 눈이 번쩍였다.

'놀랍군.'

무공에 대한 놀라움이다.

상호가 가진 무력에 대한 놀라움이 아닌, 그가 펼치는 검술에 대한 놀라움이었다.

언뜻 보면 대단히 부드럽고 유장하지만, 그 안에 도사리고 있는 것은 상대의 사혈만을 노리고자 하는 미세한 살기였다.

정백한 송풍문의 무공이 아니다. 실전을 겪었다고 하여 이런 검이 나오기도 힘들다.

애초에 다른 무공, 다른 검을 익히고 있었던 것이다.

쩌정! 따아앙!

하지만 그렇다고 해서 승부의 추가 기울어지는 건 아니었다.

휘몰아치고 질러 가는 장창.

폭이 좁고 긴 상호의 검보다 훨씬 길고 무게 역시 몇 배나 많이 나간다. 한데도 거리를 무시하고 들어가는 공격에는 번개와도 같은 빠름이 함께한다.

속도는 그대로 힘이 되어 목표물을 향해 나아가니, 그야말로 천 근의 바위가 떨어지는 것과 같았다.

상호가 이를 악물며 재빨리 검을 휘둘렀다.

쾌검이다. 빠르고도 빠르다.

송풍문의 절기인 송엽검법(松葉劍法)에 자신의 깨달음을 녹인 또 다른 검이었다.

사각을 노리고 들어오는 검은, 비록 음험할지언정 상당히 실전적이다. 방심하면 자칫 치명상을 입을 수도 있는 것이다.

쩌어엉!

그대로 막는 장창.

강비의 창은 상호의 검보다 순도가 좋은 철을 제련해서 만든 병기다.

하물며 내력의 우위까지 점하고 있으니, 계속 부딪친다면 손해는 상호가 볼 수밖에 없다.

아무리 공력의 기교가 뛰어나도 이처럼 몰아쳐 온다면 검이 멀쩡할 리가 없다.

실제로 몇 번 마주한 상호의 검은 이미 이가 빠지고 있었다.

상호의 전술이 잘못된 것인가?

그의 전술이 잘못되었다기보다, 그의 전술을 뭉개버릴 정도로 강비의 공격이 빠르고 격정적이라고 봐야 했다.

도무지 틈을 주지 않고 몰아치는데 반격의 여지가 보이지 않는다.

본신의 절학조차 제대로 꺼내기 힘들 정도다. 상호의 눈에 급박함이 떠올랐다.

'이대로라면……!'

상호가 강비의 눈을 쳐다보았다.

나른한 눈빛은 찾아볼 수가 없다.

승부에 들어간 강비, 그야말로 광채를 머금고 있었다. 죽이진 않더라도 사지 중 하나는 끊어 놓고 보겠다는 수작이다.

위험한 짐승의 눈.

'이익!'

무인의 사지가 끊어진다는 것. 그것이 어떤 의미인지 상호는 잘 알고 있었다.

그는 이를 악물며 검세를 바꾸었다.

후웅.

송엽검법에서, 다시 이전의 음험한 검으로 전환한다.

허공을 스치고 나아가 사혈만을 노린다. 한 마리 뱀이 꿈틀거리듯, 다가오는 검세가 음산하기 짝이 없었다.

형(形)만 보자면 부드러움의 절정이지만 그 기세는 독사의 어금니와 같았다.

정백한 정도의 무공이라 보기 힘들었지만 송엽검법보다 한 차원 높은 경지의 무공임이 틀림없다.

'그렇게 온단 말이지.'

한층 위험해진 검결이다.

장창이 철벽같은 위용으로 쳐 내지 않았다면 벌써 몸에 구멍 서너 개는 뚫렸을 것이다. 상당히 위협적인 검이었다.

그렇다면 공세보다 수세에 치중해야 하는가?

그렇지 않다.

어떤 무공보다도 격렬하고 살기가 짙은 것이 강비의 무공이다. 상대가 틈을 타 본신의 절학을 꺼냈다면, 그것마저 뭉개 주면 그만이다.

그의 창이 일순 사선을 그리며 허공을 쓸어내렸다.

쩌어어엉!

부드러움이고 뭐고, 모조리 날려 버릴 기세다.

상호가 침음성을 삼키며 뒤로 물러섰다.

엄청난 힘, 상상을 초월하는 참격(斬擊)이었다. 찰나지간 물러서지 않았다면 검과 함께 몸이 쪼개질 뻔했다.

'이놈, 위험하다!'

위험한 놈이다. 상호의 머리에 끊임없이 경종이 울렸다.

거기서.

승부를 결정짓는 무지막지한 신기(神技)가 드러났다.

강비의 몸이 일순간 흔들리는 듯하더니 훅, 하고 사라진다. 나타난 곳이 상호의 전면.

무시무시한 경공, 번개와도 같은 빠름이었다.

상호의 눈이 찢어질 듯 커졌다.

장창이 냉정하게 아래에서 위로 쳐 올라간다.

파아아악!

"크아악!"

검을 쥔 팔뚝이 허공 높이 날아올랐다. 팔꿈치부터 잘려 나간 상호였다.

핏물이 꿈결 속의 광경처럼 아스라이 공중을 배회했다.

타다닥!

강비의 좌측 손이 움직인 것도 그때였다.

순식간에 십이 혈을 점한다.

팔을 지혈함과 동시에 마혈, 혼혈까지 짚었다. 상호의 눈이 금세 감겼다.

강비가 그의 멱살을 쥐고 어깨에 얹은 채, 그대로 몸을 날렸다.

콰아앙!

바닥을 박차고 나아가는 기세.

엄청난 탄력으로 경공을 전개한다. 순식간에 풍검대에서 멀어진 강비였다.

살벌한 격전에 눈이 팔린 풍검대원들이 막 정신을 차렸는지 기호성을 발하는 게 들렸지만, 그마저도 아득히 멀어져만 간다.

그렇게 강비는 상호의 납치에 성공했다.

                    *   *   *

"그래서, 내가 가야 한다고?"

느릿한 어조다. 새하얀 수염 사이로 열리는 입에서는 괴이한 연기가 스르르 뿜어져 나온다.

진관호가 고개를 끄덕였다.

"예, 움직여 주셔야겠습니다."

"거참. 그러게 진즉 알아보고 의뢰를 받았어야지, 이런 식으로 일처리를 하면 곤란해."

"뼈저리게 느끼고 있습니다. 요새 좀 군기가 빠지긴 했지요. 어쨌든 지금 그게 문제가 아닙니다. 자칫 잘못하면 그놈, 잡힙니다. 다른 누구도 아닌 현성진인에게요."

노인의 모습은 그야말로 신선과도 같았다.

새하얀 옷에 새하얀 장포, 거기에 서리를 맞은 머

리도 곱게 뒤로 넘겼고, 수염 역시 하얗다.

신선도(神仙圖)에서 막 튀어나온 신선이라 해도 믿을 만한 외양이었다.

그러나 가만히 찌푸린 눈살과 연초(煙草)를 뻐끔 피워 대는 모습은 묘한 불량기가 있다. 칠십은 되었을 법한 노인에게 불량기가 서린 것도 괴상한 일이다.

"그놈 언제 떠났는데?"

"팔 일 전입니다."

"아슬아슬하겠군."

"아마, 현성진인과 부딪칠지도 모릅니다."

"누구? 나?"

"예."

"당연하지. 그럼 안 만나겠냐? 강비 그놈, 버릇은 없어도 재주 하나는 제법이어서 시간 좀 끌 수 있겠다만, 현성진인은 무당에서도 알아주는 원로야. 작정하고 움직이면 이틀 안에 잡히겠지."

"잘 아시는군요."

"그 주변에 비선망은 깔았고?"

"예. 강비를 발견하는 즉시 관가 쪽으로 이동시키라 명은 내렸는데…… 아시잖습니까? 그놈 산 넘고

물 건너 일직선으로만 갈 놈입니다. 아무리 비선망을 가동해도 움직임을 빨리 파악하긴 어려울 겁니다."

"이러나저러나 내가 움직여야 한다는 거로군."

"예, 되도록 빨리요."

"빨리 움직일 게 무에 있나. 살 놈이면 살고 죽을 놈이면 죽는 게지."

나직이 말하며 자리에서 일어나는데 허리를 두들기는 모양새가 영 미덥지 못했다.

그러나 진관호는 알고 있었다.

무력 진압, 무력 해결 전문으로 나서는 암천루 소속 조직원은 총 다섯. 그 다섯에 강비가 끼어 있음은 물론이다.

이 노인은 그런 무력 해결 조직원 중에서도 가장 고강한 사람이었다.

단순히 암천루만이 아니라, 천하에서도 이 사람의 힘을 감당할 만한 이가 그리 많지 않으리라 진관호는 확신하고 있었다.

서문종신(西門宗辰).

출신이 불분명한 노인.

그러나 지난바 무력은, 믿을 수 없게도 이 드넓은

천하에서 몇 없을 만큼 대단하다.

이런 대단한 무인이 왜 뒷골목 조직인 암천루에 들어섰는지 의문일 정도다.

그러나 진관호는 그에 대해 굳이 궁금해하지 않았다.

각자의 사정이 있는 것. 자신만 해도 그렇지 않은가. 강비는 어떻고 당선하는 어떤가.

모두가 각자의 사연을 안고 사는 것이다.

"융중산 인근에 송풍문이라. 정도무문이 아니었던가? 내 듣기엔 제법 쓸 만한 문파라고 하던데."

"맞습니다. 실제로 협의를 내세우는 정백한 문파입니다. 관군과도 사이가 좋고 민심(民心)까지 얻은 좋은 문파지요."

"그런 문파에 문제아 하나를 잡는 의뢰라면 썩은내가 나도 보통 나는 게 아니었을 텐데, 용케 의뢰를 받았구먼."

"의뢰인이 사정을 했습니다. 마음이 끌려서 도저히 의뢰를 받지 않을 수 없더군요."

서문종신이 피식 웃었다.

뒷골목 조직이라고는 하지만 암천루는 이상할 정도

로 어둠과 거리가 멀다. 하나하나 들어오는 의뢰들이 대부분 억울한 이들의 한을 풀어 주는 것들이다.

거부(巨富)의 의뢰라면 천문학적인 금액을 받아 일을 처리하고, 상황이 좋지 않은 이들의 의뢰라면 서너 푼으로도 의뢰를 이행한다.

여러모로 암천루라는 이름이 어울리지 않는 조직이다.

'하긴. 그래서 정이 가긴 하지.'

연기를 한 모금 내뿜은 그가 재를 탈탈 털었다.

"밥이라도 한 끼 먹고 출발할까."

진관호가 한숨을 쉬었다.

"어르신."

"알았다, 알았어. 하여간 농담도 못해. 지금 바로 출발하도록 하지."

"부탁드리겠습니다."

"늘그막에 이 무슨 고생이냐. 다음에도 이런 일 생기면 궁둥짝을 두들길 줄 알아."

"아직 안 가셨습니까?"

"쯧. 요즘 것들은 예의가 없어도 너무 없어. 루주만 아니었으면 머리통을 한 대 쥐어박았을 게야."

스르륵, 하는 소리와 함께 서문종신은 그 자리에서 홀연히 사라졌다.

말 그대로 찰나지간 사라진 것이다.

어지간한 고수의 눈으로도 쫓을 수 없는 움직임, 진관호는 그런 서문종신의 힘을 보며 다소나마 안도할 수 있었다.

십여 년 전 오대세가 무리들과 연루가 되어 암천루 본진이 풍비박산 났을 때도 서문종신의 힘 덕택에 위기를 넘겼다.

이번에도 분명 큰 힘을 발휘해 주리라.

'강비 이놈…… 어떻게든 버텨라. 지원군을 보냈는데도 죽으면 용서 안 한다.'

＊　　　　＊　　　　＊

강비는 달리고 또 달렸다.

그야말로 극한의 경공을 펼치고 있었다.

어깨에 사람 하나를 걸치고도 이만한 속도를 내는 것은 어지간한 고수라도 흉내 내기 어렵다. 본신의 힘 이상의 역량을 보이고 있는 것이다.

어딘가 급박하다는 느낌이 가득한 경공이었다.

빠르게 움직이는 강비의 표정은 심상치가 않았다.

'위험하다, 위험해.'

이상할 정도로 경종이 울린다. 머리 한구석이 뻐근해질 지경이다.

전장의 공기가 스며들었다.

적군의 군기(軍氣)를 읽고, 상대의 살의(殺意)를 읽으며 맞부딪치던 그때의 공기다.

피냄새가 나진 않지만 진득한 불안감은 이전에도 몇 번 느끼지 못했을 정도로 농도가 짙었다.

그것이 쉬지도 않고 경공을 펼치는 이유였다.

벌써 팔다리가 무거워질 정도였지만 그는 멈추지 않고 달렸다.

앞에 보이는 경물들이 순식간에 뒤로 밀려 나간다. 촌각 뒤의 미래는 어느 순간 과거가 되어 버릴 정도로, 빠르고도 빠른 움직임이었다.

'도대체 뭐지?'

위험의 정체를 모르겠다.

육감이랄까. 흔적조차 만들지 않으며 빠르게 움직이는데도 도통 위협의 이유를 모르겠다.

상식적이지 않은 감각. 하지만 그는 자신의 직감을 믿었다.

언제나 죽음의 위기에서 구해 주었던 감각이다.

'송풍문이 움직이고 있는가?'

당연히 움직일 것이다.

풍검대 대원들이 바보가 아니라면 일이 터진 즉시 문으로 돌아가 상호의 납치 소식을 알렸을 것이다. 당연히 그쪽에서도 대대적으로 추격대를 운용할 것이다.

하지만 송풍문 정도의 무인들이라면 이런 위협을 느끼진 못할 것이다.

무력의 문제가 아니라 경험의 문제였다.

'제길, 일단 최대한 거리를 벌려 놓는 수밖에.'

거리를 왜 벌리려는가.

강비는 순간 깨달았다.

거리를 벌리는 이유. 최대한 달려야만 하는 이유.

과거 전장, 소수의 아군 병력을 다독이며 추격을 받아 도주하던 그때의 감각이었다.

감당 못할 누군가가 쫓아오고 있는 듯한, 그러한 감각.

'고수!'

고수가 개입했다.

송풍문 정도가 아닌, 강비로서도 어떻게 감당할 수가 없는 고수가 개입한 것이다. 불안감은 예측이 되고 예측은 확신으로 변모한다.

태어나면서부터 가진 선천적 능력이 아니라 백전(百戰)의 경험으로 얻은 예감이었다.

'어쩌나……'

빠르게 가까워지고 있다는 느낌이다.

보이지 않는 귀신이 낫을 들고 쫓아온다.

약간의 시간이 지나면, 그때는 잡힌다. 십 할의 확률로 잡힐 것이다. 지금 상황에서 만나면 십중팔구 박살이 난다.

단전이 허할 정도로 무지막지한 경공을 펼쳤으니 공력이 평소와 같을 수 없다.

결정을 해야 한다.

기지를 발휘하여 어떻게든 위협을 떨쳐 낼 것인지, 아니면 당장 힘을 비축하여 뒤따라오는 누군가와 맞서 싸울 것인지.

사람의 육감이라는 것은 실로 무서운 데가 있다.

범부의 삶을 살아가는 이들조차도 한 번씩 그러한 능력을 보일 때가 있기 마련인데, 하물며 전장에서 수를 헤아리기 힘들 정도의 위협을 끊임없이 받아 온 강비임에야 말할 것도 없었다.

'맞서 싸운다……. 싸워도 승산이나 있을까.'

어떤 위협인지 아직 정확하게 드러나진 않았지만 그는 이미 그리 느꼈다. 결국에 잡힐 거라면, 최대한 힘이라도 비축해야만 한다.

결정 역시 순간이다.

아름드리나무 옆에서 경공을 멈춘 그는 상호를 아무렇게나 던져 놓았다.

틱 굴러가는 상호, 혼절 중에도 아픔을 느낀 것인지 표정이 좋지 못하다.

"후읍."

가볍게 호흡을 정리하며 기를 운용한다.

가부좌를 틀고 최대한 집중해 운기를 해야겠지만 그러다가 주먹질이라도 한 대 허용하면 못해도 주화입마, 반신불수다. 주위의 위협을 느껴 가며 운기를 해야 했다.

당연히 평소와는 다르게 기가 모이는 속도도 느릴

수밖에 없다.

제대로 집중하지 못하는 까닭이다.

그렇다고 여유롭게 앉아 운기할 수는 없으니, 참으로 답답한 노릇이다.

그러나 호천패왕기, 신공이라는 이름이 무색할 정도로 대단한 내가의 공부다.

아무리 집중을 못한다 해도 지닌 공부의 수준이 원체 높다 보니 비워진 단전에 쌓이는 속도도 여타 공부보다 확연하게 빠르다.

반 시진 정도의 시간이 지나자 제법 단전이 묵직해짐을 느낀다.

하지만 그게 전부다.

'일각…… 아니, 그보다도 빠르다.'

위협이 지척에 다가왔다.

빛을 발하는 창대를 쥐고 다가오는 위협에 대비했다.

강비의 눈동자가 살벌한 안광을 품었다.

그리고 반 각 후.

훅, 하고 끼쳐 드는 기파가 있었다. 그야말로 강렬하기 짝이 없는 기파였다.

무시무시한 존재감, 구름처럼 허허로운 가운데 감당 못할 기세가 주변 전체를 장악하고 있었다.

강비의 얼굴이 침중하게 굳어졌다.

'역시……'

엄청난 고수가 다가오고 있다.

저벅저벅.

잡았다고 생각했을까.

저쪽 너머, 스러진 나뭇가지를 천천히 밟아 가며 다가오는 사람이 있었다.

새하얀 도복. 등 뒤에는 태극(太極)의 문양이 새겨진 옷이다.

뒷짐을 지고 다가오는데 오십을 넘은 외모임에도 얼굴에는 주름살이 없는 홍안(紅顔)의 도사였다. 심지어는 머리카락도 윤기가 자르르한 것이, 흰머리는 눈을 씻고 보아도 찾을 수 없었다.

건장한 체구. 선이 굵은 얼굴.

'태극문양의 도복, 무당파. 그것도 장로다.'

한눈에 알아볼 수 있지만 결국에는 암담함밖에 남는 게 없다.

남존무당, 무당파의 장로다.

소림사와 함께 천하 문파 중 수위를 다투고 있는 문파의 장로라면 그 얼마나 대단한 위치인가.

일기당천, 만부부당의 무인이라 해도 과언이 아닐 터였다.

"기다리고 있었군."

우렁우렁 하는 목소리가 산 전체를 울리는 것 같았다.

내공을 운용하지 않아도, 목소리만으로도 주위의 모든 생물들이 긴장하는 것 같았다.

심상치 않은 목소리, 일대종사의 기도였다.

강비는 가만히 창을 옆으로 비켜 들었다.

항상 나른하기 짝이 없던 그의 눈빛에 한 줄기 긴장감이 피어올랐다.

무당의 장로, 현성진인이 그 모습을 보며 눈에 이채를 띠었다.

"놀라운 젊은이군. 나이를 물어도 되겠나?"

여유로운 가운데 근엄함이 함께 존재했다.

정면으로 마주 서는 것만으로도 존재감에 대항해 공력을 운용해야 할 정도였다. 말로만 듣던 구파의 장로가 가진 힘이리라.

"서른 정도 될 것입니다."

"이립(而立)의 나이. 그럼에도 그와 같은 힘을 품고 있다니, 대단하다 아니 말할 수가 없군. 본문의 아이들이 보고 배워야 할 정도야."

난데없는 칭찬이었지만 그것은 순수한 호의로 인한 것이 아니다.

이와 같은 무인이 왜 사람을 납치했는가, 그에 대한 질책이 담긴 칭찬이었다.

비록 비할 데 없는 무력을 가진 현성진인이었지만 깨끗한 산중의 가르침을 받은 도사이기에 바르고도 바른 성정을 지닌 것 같았다.

강비는 아무런 말도 없었다.

그저 가만히 현성진인의 눈을 바라볼 뿐이었다.

현성진인의 눈에 다시 한 번 기광이 떠올랐다.

"달리 할 말은 없는가?"

사람을 상하게 하고, 납치까지 했다.

문답무용이랄까.

강비는 나이를 물었던 현성진인의 질문 외에 말을 하진 않았다.

"아쉽군. 자네 같은 동량을 상대로 손을 써야 한다

는 것이 실로 아쉬워. 해서 묻겠네. 무력의 뛰어남은 둘째 치고 눈을 보니 아무런 이유 없이 사람을 납치할 악한(惡漢)은 아닌 듯한데, 정확한 사정을 안다면 이 사태를 보다 쉽게 해결할 수 있지 않겠나?"

역시라고 해야 할까.

사람을 상하게 했고 납치까지 했다면 그 자체로도 싸워야 할 이유로 충분하다.

하지만 거기서도 한 번 참으며 대화를 유도한다.

보통 사람이 아니었다.

강비는 가만히 고개를 저었다.

"어떤 이유에서건 사건은 벌어지고, 저는 상호라는 이 작자를 데려가야만 합니다. 속내를 털어 놓아도 문제가 해결되는 것은 아닙니다."

"그래서 기어이 나와 손속을 나눠야겠다?"

"달리 방법이 없습니다. 이대로 놔줄 것이 아니라면."

"그럴 수야 없는 일이지."

현성진인이 가만히 뒷짐을 풀었다.

그 동작 하나만으로도 기도가 변한 것 같았다. 부드럽고도 강건한 기도가 세찬 태풍처럼 격렬해졌다.

정면으로 마주하여 감당하기에는 지나치게 거센 기파였다.

"자네의 마음이 그와 같다면 나 역시 더 이상 대화를 지속하기에는 어려움이 있을 수밖에. 각오하도록 하게."

부드럽던 현성진인의 눈동자가 굳건한 안광을 발한다.

현현하게 풀어 나오는 기운. 그럼에도 육중하기 짝이 없다.

강비의 등에 한 줄기 식은땀이 흘러내렸다.

전장, 강호. 그동안 어디에서도 느껴 보지 못했던 힘.

암천루 최고의 고수라는 서문종신이 있어 몇 번 대무(對武)를 해 봤다지만 그 역시 본신의 기도를 완벽하게 개방한 적이 없었다.

이 사람은 다르다.

단순 무력이라면, 태어난 이래 최고의 적수라 해도 과언이 아니었다.

"무당파, 현성이라는 도호를 쓰고 있네."

확실히 다르긴 다르다.

그 와중에도 소개.

강비로서는 이해할 수 없는 처사였지만, 이 정중한 예를 무시할 수도 없었다.

"이름을 밝히지 못하는 점, 양해 바랍니다."

"오게."

천천히 창을 든 강비의 몸에서도 물씬, 거창한 기도가 피어올랐다.

공력을 극점까지 운용하여 기세를 개방하니, 비록 현성진인에게 밀릴지언정 바닥에 쌓인 낙엽들이 사방으로 흩어진다.

놀라운 기파였다.

현성진인의 눈에 언뜻 감탄의 기색이 떠올랐다.

'정체가 궁금한 젊은이구나.'

구파에서도 서른이라는 나이에 이 정도 무력을 갖춘 이는 찾아보기 힘들었다. 후기지수 수준은 예전에 뛰어넘었다. 이미 일가를 이루었다 해도 부끄럽지 않은 강건한 힘이 강비에게는 있었다.

파아악!

선공은 강비였다.

기세의 압박감에 밀리면 창 한 번 휘두르지도 못하

고 패배한다. 그의 몸이 현성진인의 기파를 헤쳐 나가며 정면으로 쏘아졌다.

시위를 떠난 화살과 같았다.

강렬하게 휘두르는 창. 살벌한 광채가 단숨에 현성진인의 육신을 위협하며 다가왔다.

무시무시한 속도, 상호와의 일전 때와는 격이 다른 움직임이었다.

현성진인의 손이 가볍게 움직이며 창날에 닿았다.

쩌어어엉!

엄청난 힘이었다.

질러오던 창이 손에서 뿜어지는 경력을 이기지 못하고 바닥에 곤두박질쳤다. 창을 들었던 손이 통째로 뜯어지는 것 같았다.

그러나 이 정도는 예견했던 일이다.

땅을 친 창을 축 삼아 품 안으로 들어온 강비의 주먹이 현성진인의 중단을 노렸다.

시기적절한 한 수, 뻗어 나가는 일권(一拳)에 실린 경력이 심상치가 않다.

현성진인의 손이 이번에도 부드럽게 움직였다.

마치 감싸 안 듯 질러 오는 주먹을 휘돌리며 옆으

로 흘리는데 몸 전체가 주먹에 따라 쏠리는 것 같았다.

부드러움으로 강함을 제압한다.

유능제강(柔能制剛)의 극치. 무당 무공의 정수가 한 수에 다 들어 있었다.

강비의 몸이 회전한 것도 순간이다.

회전을 받아 탄력적으로 올라가는 각법(脚法)이었다.

아래에서 위로 올려치는 승룡퇴(昇龍腿).

생각하고 움직인 것이 아니라, 이미 수천 번 반복하여 완벽하게 체화가 된 몸놀림이었다.

이번에도 현성진인은 가볍게 손만 뻗었을 뿐.

강비의 머리에 경종이 울렸다.

올려친 다리를 순간 회수하고 뒤로 물러서는데 이미 현성진인의 손은 지척에 다다랐다. 무시무시한 속도였다.

쩌어엉!

장창의 창대로 수공(手功)을 막았다.

부신(浮身)의 요결로 물러섰음에도 몸 전체가 찢어질 것 같은 통증이 일었다. 한순간 휘몰아치는 경력의 힘이 믿을 수 없을 만큼 강렬했다.

무려 삼 장이나 날아가 착지한 강비를 보며 현성이 나직이 감탄성을 터트렸다.

"몸놀림이 기가 막히는군. 점점 자네의 정체가 궁금해."

대답할 수 없었다.

대답을 하려 해도 체내에서 날뛰는 진기 때문에 입을 열기가 힘들었다. 대부분의 힘을 흘렸음에도 침투해 온 공력의 힘이 기혈을 두드리고 있다.

'이것이 무당 장로의 힘!'

격이 다른 고수였다.

승패의 결과 자체가 무의미했다. 현성진인은 서 있던 곳 그대로, 오로지 손만 움직여 강비의 모든 공격을 무위로 돌림과 동시에 공격까지 감행했다.

그렇다고 물러설 수도 없다.

지금 와서 도주해 봐야 무소용.

결국, 어떻게든 틈을 만들어야 한다는 것인데.

혼자의 몸이라면 무슨 수를 써서라도 빠져나갈 가능성이 있다.

그러나 그리 되면 의뢰는 실패다.

의뢰자의 얼굴이 떠올랐다.

한 번 본 적도 없지만, 딸을 죽인 악인에게 복수하고자 하는 아비의 얼굴이 아른거린다.

피눈물을 쏟고 있으리라.

그가 입술을 깨물었다.

'일단은 부딪친다.'

의뢰도 의뢰였지만 강비는 가슴속을 채우는 또 다른 격동을 자각하고 있었다.

호승심이었다.

자신보다 강한 상대와 싸우며, 보다 깊은 무학에 빠져들고자 하는 의지.

호쾌하게 손속을 나누고 싶은 순수한 무인으로서의 본능.

그 모든 것이 심장을 두근거리게 만들었다.

파아악!

질주하는 강비였다.

다시 한 번 공격. 태풍처럼 휘몰아치는 창격.

공력을 극한까지 집중하여 휘두르는데 이전과는 판이하게 다른 공격력이었다.

현성진인의 눈이 처음으로 진중해졌다.

가벼이 맞설 수 있는 힘이 아니었다. 그의 손도 재빠르게 움직였다.

따다당!

역시나 엄청났다.

창과 손이 부딪치는데도 쇠와 쇠가 부딪치는 소리가 났다.

진기를 휘돌려 손을 강철의 강도로 만든 것이다. 강비의 깊은 공력과 날카로운 예기가 그득한 창을 튕겨 낼 만큼 대단한 내공이었다.

'기가 죽을 수는 없지!'

양손으로 창을 쥐고 거침없이 무공을 전개한다.

호쾌한 무공이었다.

전후좌우, 사방 어디에서나 날아드는 창은 참으로 위협적이다. 어찌나 빠른지 창의 개수가 늘어난 것 같은 착각마저 일었다.

쩌저정! 쩌정!

둘의 주변으로 경력의 폭발이 일어났다.

태풍처럼 휘몰아치는 창과 부드러운 가운데 바위조차 우습게 쪼갤 만한 거력이 깃든 손이 천지사방을 메웠다.

바닥에 깔린 낙엽들이 먼지처럼 흩어지며 어지럽게 휘날렸다.

티이잉! 쩌어억!

순간 파고드는 현성진인의 수공으로 창이 제 갈 길을 잃고 옆으로 튕겨 나갔다. 창에 서린 무지막지한 경력으로 인해 옆에 선 나무가 밑동부터 파괴되어 쓰러졌다.

강비의 공격은 멈추지 않았다.

창이 투로를 잃으면 주먹이, 주먹이 막히면 다리가 나간다.

단순히 창술만으로 공격하는 게 아니라 전신 백타(白打)까지 구사하는데 믿을 수 없을 만큼 탄력적이고 굳건한 체술이었다. 강호 경험이 많은 현성진인으로서도 일찍이 본 바가 없을 정도로 다양한 공격법이었다.

단순한 재치로만 볼 수 없는 체술.

순간순간 빈틈을 노리고 다가오는 공격은, 비록 힘과 기술에서 현성진인에게 밀린다지만, 자칫 방심하면 내상을 입을 만한 공력이 가득하다.

'대단하다!'

이름 모를 젊은이에게 몇 번이나 감탄을 하는지 모르겠다.

창술 자체의 수준도 대단했지만 몸 전체가 이미 흉기나 다를 바 없는 공격을 구사하는데 까딱 잘못하면 체면을 구기겠다 싶을 정도로 신랄했다.

빈틈을 노리는 공격, 빈틈이 없으면 만들어서라도 파고드는 공격이었다.

무공만의 문제가 아니었다.

백전의 노장이라 해도 이만한 공격을 보일 수 있을까.

극도로 실전적인 움직임, 한두 번의 싸움질로는 결코 구사할 수 없는 움직임이 환상처럼 짓쳐 들어온다.

그에 맞춰, 마침내 현성진인도 본신의 절기를 꺼내 들었다.

일곱 방위를 점하며 공격 자체를 차단시킨다.

무차별하게 들어오는 모든 공격이 막힘을 느끼는 강비였다. 순간 현성진인의 손이 강비의 손목을 쥐고 그대로 옆으로 돌려 버렸다.

강비의 몸이 아름드리나무에 날아가 처박혔다.

콰아앙!

'큭!'

절로 나오는 비명을 애써 삼킨다.

등판이 쪼개질 것만 같다. 급하게 공력을 운용, 육신을 보호했음에도 통증이 이만저만이 아니다.

무당파에서도 유명한 무공 중 하나.

일곱 방위를 차단하여 부드러움으로 상대를 근본부터 무너뜨리는 수공(手功)이다. 무당 무공, 칠성신수(七星神手)의 위력은 그와 같았다.

그처럼 부드럽고 느릿한 움직임 속에 어찌 이런 위력이 존재하는지 보고도 믿기가 어렵다.

이것이 바로 정종 무공. 부드러움 속에 강함이 깃든다.

정면으로 상대하기 어려운 상승 무공이었다.

"계속 할 텐가?"

천천히 다가오는 현성진인.

마침내 본신의 무공을 꺼낸 그의 기도는 이전과 또 달랐다. 주변 전체를 장악하는 기파 때문에 내상까지 입을 것 같았다.

강비는 천천히 일어나 재차 창을 들었다.

현성진인의 입가에 미소가 드리워졌다.

불굴의 투지가 강비의 눈동자에서 그대로 나타난다.

무당파의 장로를 두고 이 정도 투지를 발할 수 있는 무인이 얼마나 될까. 현성진인은 문득, 지금 이 젊은이와의 대무가 상당히 유쾌하다는 걸 깨달았다.

터어엉!

다가오는 강비.

이전에도 느꼈지만 몸이 정말 탄력적이라는 생각이 들었다.

거의 날다시피 다가온 강비가 무릎으로 현성진인의 얼굴을 노렸다.

비천(飛天)의 슬격(膝擊).

그야말로 불시의 일격이라는 소리가 절로 나올 만한 공격, 시작부터 움직임이 크다.

현성진인의 고개가 가볍게 옆으로 돌아갔다.

그것이 그의 실수였다.

허공에서 강비의 양다리가 순간 믿을 수 없는 움직임을 보였다. 마치 뼈가 없는 연체동물처럼 순식간에 현성진인의 상체를 휘감는다.

현성진인의 눈이 커졌다.

그다음 일어진 일은 경악에 다름이 아니다.

창으로 땅을 찍고 그대로 몸을 실어 중심을 잡은 뒤 하체로 휘감은 현성진인을 날려 버린다. 공력을 있는 대로 끌어다가 썼는지 대해(大海)와 같은 내공을 지닌 현성진인도 찰나지간 풀지 못한 채 땅바닥으로 곤두박질친다.

쿠웅!

어떻게든 자세를 잡아 흉한 꼴은 면했다.

그러나 현성진인은 안심할 수가 없었다.

곧바로 이어지는 무자비한 공격.

전사까지 걸린 창이 단번에 뚫어 버리겠다는 듯 살벌한 일격을 보여 준다. 현성진인의 몸이 급박하게 움직였다.

콰아앙!

패왕의 일격이 대지를 박살 낸다. 엄청난 창격에 땅이 갈라졌다.

피하지 못했다면 죽었으리라.

소름을 돋게 하는 위협에 현성진인의 몸이 아지랑이처럼 흩어지며 강비의 측면을 점하고 장을 뻗었다.

놀란 강비가 몸을 흘렸지만, 이번 공격은 제대로

막을 수가 없는 일 수였다.

퍼억!

"커헉!"

제대로 들어간 일장(一掌)이다.

바닥에 나뒹군 강비가 재빠르게 일어서 몸을 추슬렀지만 이미 입가에선 피가 터져 나오고 안색은 창백했다.

'갈비뼈가 부러졌다…… 제길.'

한 번의 공격으로 갈비뼈 세 대가 나가고 내상까지 입었다.

기혈을 파괴하는 공력.

어떻게든 호천패왕기를 운용해서 침투한 공력을 해소하지만, 현성진인의 공력은 한순간에 해소시킬 정도로 만만하지 않았다.

현성진인은 자신의 손을 바라보았다.

손바닥에는 땀이 흥건히 젖어 있었다.

한순간 진실로 '죽음'을 떠올렸던 현성진인, 강호에 출두한 이래 후배에게 이만한 위협을 받았던 적이 있었나 의문이 든다.

"참으로 대단한 젊은이다. 내 비록 전력을 다하지

않았다고 하나, 이렇게까지 밀리다니 놀라운 일이
야."

전력을 다하지 않았다.

지금 이 순간 이보다 더 무서운 말이 또 있을까 싶
었다. 본신의 기량을 전부 다 쏟아부은 강비로서는
허탈해지기까지 한 발언이었다.

현성진인의 얼굴이 복잡해졌다.

상대에 대한 경탄과 씁쓸함이 뒤섞인 눈동자였다.

"이만하면 되었네. 자네의 놀라운 무위와 기량을
확인한 당금의 나로서는 더 이상 자네를 핍박하기가
어렵군. 얌전히 나와 함께 가세. 가서 자초지종을 들
어보는 것이 좋겠어."

후배에게 험한 꼴을 당했음에도 이와 같은 말을 한
다.

진정으로 놀라운 사람이다. 무공의 강함은 둘째 치
고 사람이 대단해 보였다.

강비 역시 진심으로 현성진인에게 감탄했다.

"마음 써 주셔서 감사하지만…… 그건 안 됩니다."

"도대체 이유를 모르겠군. 자네의 무공을 보면서
알았네. 비록 살기가 과한 무공이지만, 자네가 마인

(魔人)이라는 생각은 들지 않아. 오히려 정심함이 남다르더군. 총명함도 있어 당장 이 사태가 어찌 돌아갈지 충분히 짐작할 터인데, 왜 이리 고집을 부리는가?"

구구절절 옳은 소리였다.

암천루에 속한 강비로도 이견이 있을 리 없다. 지금의 상황에선 차라리 송풍문에 함께 가는 게 제일 현명한 방법이리라.

하지만 그는 반대했다.

단순한 객기가 아니었다.

'위협이 점점…… 사라지고 있다.'

현성진인은 함부로 사람을 죽일 무인이 아니다.

그럼에도 왜 위협을 느꼈나.

바로 자신의 성격 때문이다.

무공의 정체로 인한 불안감을 강자와의 대무로 풀려는 호승심.

그것이 과하여 현성진인으로서도 손을 쓰지 않을 수 없게 만드는 것. 그것이 진짜 위협의 정체였다.

육신에 상처를 입으니 감각이 또 다르게 살아났다.

위협이 사라지고 있다. 굳이 물고 뜯을 필요가 없다.

호승심은 호승심이고, 의뢰는 의뢰다.

그의 눈이 새파란 광채를 발했다.

저 멀리서 빠르게 짓쳐 오는 누군가가 느껴졌다.

현성진인 역시 마찬가지. 그의 고개가 저 멀리, 북쪽을 향했다.

그야말로 무시무시한 속도였다.

신법의 전개 속도만 따지자면 현성진인보다도 빠르다. 말 그대로 빛살처럼 다가오는 누군가가 있었다.

비록 본신의 힘을 감추고 있지만 이 기도는 참으로 익숙하다.

강비의 입가에 살짝 미소가 드리워졌다. 동시에 현성진인의 얼굴에는 긴장이라는 가면이 씌워졌다.

타닥.

바람처럼 날아와 가볍게 착지하는 이.

신선과도 같은 외양의 노인이었다. 감탄이 절로 나올 만한 현기가 그득하다.

한 손에는 곰방대를 들었는데, 심지어 그 모습조차도 어울린다. 신비로운 노인이었다.

그가 강비를 돌아보며 혀를 찼다.

"내 이럴 줄 알았다. 아주 박살이 났구먼."

"죽지 않은 게 어디야."

"꼬박꼬박 반말하지. 하여간 나이 들어서 젊은 놈들 뒤치다꺼리하는 건 영 성미에 안 맞아. 어서 그놈들고 빠져나가라. 뒤는 막아 주마."

더할 나위 없이 든든한 조력자였다. 본인은 천천히 온다고 했지만 엄청나게 빨리 당도했다. 까딱 잘못했으면 송풍문으로 갈 뻔하지 않았나.

비척비척 일어나 상호를 어깨에 둘러매는 강비. 그러한 강비의 행동을 보고도 현성진인은 막지 못했다.

마주 선 서문종신의 눈.

기도를 개방하지 않았음에도 도무지 시선을 돌리지 못하도록 만드는 힘이 있었다.

존재감이 뿜어내는 강제력(强制力)이다.

"무당에서 현성이라는 도호를 쓰고 있소. 실례가 안 된다면 이름을 듣고 싶소만."

서문종신은 가만히 현성진인을 바라보다가 큭 웃었다.

"역시 무당파라 이건가. 그만한 위치에 있음에도 예와 법도를 지키는구나. 과연, 소림과 함께 태산북

두(泰山北斗)라 불릴 만해."

상대를 경시하는 어조는 아니었지만, 눈 아래로 보는 오연함이 있었다.

그야말로 기경할 일이다.

천하 무당파의 장로를 보고도 오히려 아래로 본다. 무력의 문제를 떠나서, 그릇이 남다른 이였다.

"서문이라는 성을 쓰고 있네. 저 녀석도 그랬겠지만, 이름은 밝히지 못하겠군."

"내 견식이 높지는 않아도 제법 강호 경험이 있다고 자부하오. 그럼에도 서문 성씨를 쓰는 이 중 당신 같은 무인을 본 적이 없소."

"그랬겠지."

가볍게 답하는 서문종신이다.

현성진인의 눈이 강비를 향했다.

이미 상호를 업고 천천히 몸을 돌리고 있었다.

가볍게 현성을 향해 목례를 하곤 빠르게 사라졌다. 내상이 제법 심각할 텐데도 움직임이 재빠르다.

역시나 놀라운 젊은이였다.

"저 젊은이와 어떤 관계요?"

"관계? 관계라……. 그냥 같은 직종에 속한 사람

이랄까. 조직에 얽힌 몸이지. 둘 다 그 조직의 조직
원일 뿐이야."

기가 막혔다.

저 젊은이의 성취만 해도 놀라운데 눈앞의 노인의
기도는 현성진인으로서도 감당하기가 힘들었다.

기파를 드러내지 않았는데도 몸의 자유로움을 박탈
당한다.

상상을 초월하는 고수, 무당 장문인조차 승패를 장
담하기 힘든 경지의 고수가 분명했다.

"어떤 조직인지 진정 궁금하구려. 당신도 그러하고
저 젊은이의 무력 역시 놀랍기 짝이 없소."

"뭐, 강호전복(江湖顚覆)을 한다거나 피 보기 좋아
하는 집단은 아니니 염려 안 해도 괜찮을 게야. 그냥
얌전히 살아가는 궁상맞은 조직일 따름이지."

"조직의 이름 역시 말하기 힘든 거요?"

"예상했겠지만, 그러하네."

"하면 어찌하여 송풍문의 풍검대주를 납치했는지
그 이유만이라도 알 수 있겠소? 저 젊은이는 대답을
해 주지 않더군."

서문종신은 속으로 강비를 씹었다.

멍청한 놈이다.

무당파의 현성진인, 딱 봐도 알겠다.

광명정대한 성격에 진인이라는 칭호가 어울리는 사람이다. 이런 사람에게 자초지종을 설명하면서 시간을 끌었어야지 무식하게 무공으로 맞상대를 하다니, 볼기짝을 맞아도 부족함이 없을 놈이다.

한편으로는 이해가 간다.

언제 무당파의 장로란 사람과 대무를 해볼 수 있겠는가. 하나 무인으로서는 합격점이지만 암천루의 조직원으로서 해서는 안 될 행동이었다.

나중에 단단히 씹어 줘야겠다.

"상호, 송풍문 풍검대주. 지금껏 조사한 바에 따르면 총 이십이 건의 살인, 납치, 강간의 혐의를 받고 있는 자일세. 군자의 얼굴을 하면서 차마 입에 담기 힘든 악행을 저지른 자야. 알고 있었는가?"

현성진인의 눈이 부릅뜨였다.

"뭐라……."

"몰랐겠지. 알았다면 진즉에 나섰을 테니. 세상 천지에 표리부동(表裏不同)한 자가 많다지만 이놈은 진정 벌을 받아 마땅한 놈이었다, 이걸세."

"그런 일이 있었다면 왜?"

"왜 몰랐냐고? 모를 수밖에. 저놈 뒤처리를 제대로 했더군. 게다가 관가와의 인맥도 있어 쉽사리 꼬리를 잡기 힘들었어. 지금이라도 알아서 다행이지 뭔가?"

당혹스러운 현성진인의 얼굴.

그러나 수습하는 것도 금방이었다.

그의 눈빛이 형형하게 빛났다.

"그렇다면 그만한 근거가 있어야 할 터, 아무리 그자가 악인이라 한들 증거도 없이 상하게 하고 납치를 한 것은 명백한 잘못이었소. 더군다나 소속이 있는 자를 처벌하려면 마땅히 문주에게 먼저 알렸어야 함이 마땅한 것 아니겠소? 당신들의 처사는 분명 올바르다 하기 어렵소."

질책의 기운이 맴돈다.

상대하기 어려운 고수를 앞에 두고도 이런 기백을 보인다.

현성진인이 강비를 보며 감탄했던 것처럼, 서문종신 역시 현성진인을 보며 감탄했다.

이런 사람은 정말 흔치가 않다. 현성진인에 대한 서문종신의 호감이 절로 커졌다.

"난 우리 조직이 무조건 정도(正道)를 지향한다고 말한 적이 없는데? 정도를 지향했다면 애당초 이렇게 납치를 하지도 않았겠지."

"그건……!"

"걱정하지 말게. 다소 험하게 다루기는 하겠지만 본인의 진술을 전부 받고, 증거까지 꺼내 들어 곧 세상천지에 알리겠네. 송풍문이 조금 피해를 받기야 하겠지만 문도를 제대로 다루지 못한 문주의 책임도 있는 법이야. 자네 체면이 걸린 일이기는 해도 이쯤에서 우리에게 일을 맡겨 주었으면 좋겠군."

이미 물은 엎질러졌다.

주워서 담을 수 있었으면 좋겠지만 그럴 수도 없는 상황이었다.

싸움이라면 어떤 변수가 일어날지 모르는 법, 격차가 나는 무인들끼리의 싸움이라도 한 수 밑의 기량을 가진 자가 이길 수도 있는 것이다.

그러나 현성진인은 직감적으로 깨달았다.

지금의 자신은 눈앞의 이 노인을 결코 이길 수 없다는 것을.

무력으로도 해결이 되지 않는다.

결국, 현성진인은 한숨을 쉴 수밖에 없었다.

"별 수 없구려."

"미안할 따름이야. 송풍문주와 친분이 깊다고 들었네만, 친구 볼 낯을 없게 만들었어. 그러나 장담하지. 곧 상호의 죄목이 낱낱이 드러나게 될 거야. 그때까지 잠시만 기다려 주게."

고수란 달리 고수가 아니다.

상호 정도의 무공을 익힌 자가 악행을 저지를 수는 있지만 종사(宗師)의 기도를 풍기는 자들은 쉽사리 약속을 입에 올리지 않는 법이다.

현성진인은 서문종신의 눈을 바라보았다.

어조가 상당히 공격적인 사람이었으나 눈이 참 맑고 깨끗하다. 위엄과는 거리가 먼, 자유로움이 한껏 드러난 눈동자였다. 마치 갓 태어난 어린아이의 그것과 같았다.

결국 현성진인이 한숨을 쉬었다.

"여기까지 와서 내 무슨 말을 하겠소? 당신 정도의 사람이 하는 약속이니, 그 약속 반드시 지키리라 내 믿겠소."

"걱정하지 마. 천하 무당파 장로에게 거짓을 맹세

할 정도로 내 담은 크지 않으니까. 자칫 잘못하면 천하를 뒤져서라도 찾아낼 텐데, 감히 비위를 상하게 하진 못하지."

장난스러운 말투였다.

현성진인은 이내 피식 웃고야 말았다. 상황과 어울리지 않게도, 서문종신이라는 노인이 제법 마음에 들어 버렸다.

그렇게, 상호의 납치 사건은 아슬아슬한 맺음을 맞게 되었다.

*   *   *

"이놈! 어서 풀어 주지 못하겠느냐!"

쩌렁쩌렁한 외침이었다.

내공을 제압당하고 점혈을 당해 육신조차 움직이지 못하지만 상호의 눈은 그야말로 기개 있는 협객의 그것과 같았다.

어두운 창고 중앙, 의자에 묶인 채로 앉은 상호의 얼굴은 내상과 상처 때문에 제법 파리해 보였다.

그 앞에 선 강비의 얼굴은 무표정했다.

"풀어 주려면 내가 왜 잡아 왔겠냐."

"이놈이!"

"닥치고 말 들어. 호광 북부에서 일어난 열일곱 건의 살인, 강간, 납치 행위. 하남에서 일어난 다섯 건의 살인 행위. 총 이십이 건의 범법 행위를 저지른 자. 송풍문의 풍검대주 상호. 너 맞지?"

상호의 눈동자에 어처구니없다는 기색이 들었다.

이것이 연기라면 그야말로 대단하다 하겠다. 진짜보다 더 진짜 같은 연기였다.

"그 무슨 망발이란 말이냐?! 설마 그깟 말도 안 되는 죄목을 씌우기 위해서 날 납치했단 말인가! 이놈, 하늘이 두렵지 않으냐!"

하늘까지 입에 담는다.

강비는 피식 웃으며 상호의 머리채를 휘어잡았다.

어찌나 세게 잡았는지 머리카락이 투둑 뜯어질 정도였다.

상호의 얼굴이 붉게 달아오른다.

"잘 들어라. 너 같은 놈이 함부로 입에 담을 만큼 하늘이라는 것이 만만해 보이냐? 내 눈 똑바로 바라봐. 나를 상대했을 때, 아무리 모욕을 받아도 드러내서는 안 될 살기와 음험한 무공을 보았다. 송풍문의 무인이 맞는지 의심스럽더군."

상호의 눈이 살짝 흔들렸다.

너무나도 조용한 흔들림.

그러나 강비는 그것을 놓치지 않았다.

"이런 상투적인 말을 내가 하게 될 줄은 몰랐지만…… 장담하지. 순순히 털어 놓는 게 좋을 거야. 지옥을 맛보고 싶지 않다면 말이야. 피차 편하게 가자고."

"이런 더러운 놈이……!"

"뭐, 이렇게 나올 줄은 알았다. 원체 지독하다는 말은 들었어. 역시나 말로만 해서는 안 되겠지?"

천천히 뒤를 돌아 바닥에 나열한 물건들을 정리하는 강비였다.

상호의 눈에 천천히 공포의 기색이 떠올랐다.

보기에도 섬뜩한 물건들이 수없이 나열되어 있었다.

큼직한 정(釘)부터 망치, 바늘, 집게, 소도(小刀) 등 거뭇거뭇한 것이 마른 피가 잔뜩 묻어 있다. 그런 정체불명의 물건들을 차근차근 만지는 강비의 모습은 소름이 끼칠 정도로 자연스러웠다.

"너, 너 이놈! 무슨 짓을 하려는 게냐?!"

"네놈이 상상하는 거 맞으니까 굳이 묻지 않아도 된다."

망치 하나와 정 하나를 집어 들고 다가오는 강비.

무표정한 얼굴, 눈동자에도 감정이 깃들지 않았다.

차라리 화를 내고 소리를 쳤으면 덜 무서웠겠다. 지금 강비의 모습은 상호에게 있어서 어떠한 흉신악살(凶神惡殺)보다도 무서워 보였다.

"기본적인 것부터 시작하자고. 사실 말이 나와서 말인데 이미 관가에도 네놈과 연수해 사체 유기를 눈감아 주었던 관리들을 조사 중에 있어. 어차피 네놈이 빠져나갈 길은 없다는 거지."

그러면서 강비가 멋쩍은 듯 웃었다.

"사람 몸에 정을 박아 넣는 건 처음인데, 잘될지는 모르겠네. 어설퍼도 이해해 줘."

상호의 얼굴이 완전히 파랗게 질려 버렸다.

*　　　　*　　　　*

132 암천루

상호가 진실을 내뱉은 것은 그로부터 일각 뒤였다.

긴 시간도 아니었다. 실제로 고문을 행하지도 않았다. 다만 분위기와 말로 그의 심동을 자극했을 뿐이다.

저 멀리서 그 광경을 본 진관호는 혀를 내둘렀다.

'사람 겁주는 거 하나는 기가 막히는군.'

대단한 능력이다.

말을 하고, 말을 들으며 그 사람의 심리까지 파고들어 원하는 답변을 얻어 내는 능력.

무공보다도 신비한 힘.

실제로 지금 상호의 얼굴은 파랗게 질리다 못해 거무죽죽해진 상태였다. 극한의 공포심 때문에 머리카락까지 새하얗게 질려 있던 것이다.

평소에 잘 드러내진 않지만 그것이야말로 강비의 진짜 대단한 면모였다.

군 출신, 적군을 사로잡아 원하는 정보를 캐기 위해서 온갖 머리싸움이 난무하기 마련이다.

그런 곳에서 십 년 이상을 보내며, 무수한 전투를 치러 냈던 이가 강비다. 이런 분야에 있어서 뛰어날 수밖에 없으리라.

"어떻습니까, 황 대인?"

진관호의 옆에는 제법 후덕하게 생긴 노인이 있었다.

노인이라는 말이 무색하게도 형형한 안광이 인상적이었다.

무공을 익힌 것 같지는 않지만 일평생을 세상과 싸워 가며 살아온 경험 많은 노인네의 지혜가 그대로 드러난 눈빛이다.

보통 인물이 아니었다.

"마침 보고가 들어온 것들 중에 맞아 떨어지는 진술이 있습니다. 확실히 상호라는 작자, 그런 파렴치한 짓을 한 게 맞는 것 같군요."

황 대인은 관가와의 관계가 돈독했다.

암천루 소속은 아니지만 언제라도 뒤에서 지원을 아끼지 않는 사람이었다.

암천루 내, 황 대인의 진정한 정체를 아는 사람은 루주인 진관호뿐이었다.

관부의 인물도, 그렇다고 천하에서 손에 꼽히는 거부(巨富)도 아니다.

그럼에도 그는 관부의 연줄이 대단했다.

범부의 삶을 살아가는 노인에 불과하거늘 관가에서 일어난 일까지 보고를 듣는다면, 실로 비범한 능력과 인맥의 소유자란 뜻이리라. 그럼에도 황 대인이라는 노인은 진관호에게 깍듯했다.

　"그럼 관가의 일은 황 대인께 맡기겠습니다. 항상 고생만 시켜 드려서 죄송할 따름입니다."

　"그 무슨 말씀을. 이 늙은이야 저런 짐승 같은 놈들 때려잡는 데에 일조하니 영광이지요. 그럼 바로 문서를 작성하겠습니다."

　"예, 부탁드립니다."

　싱긋 웃으며 사라지는 황 대인을 뒤로한 채 진관호의 시선이 다시 돌아갔다.

　모든 일이 끝나고 창고에서 나오는 강비의 얼굴은 다소 창백했으나 여전히 나른함과 권태로움이 가득한 기색이었다.

　"많이 다쳤냐?"

　"조금."

　"조금이 아닌데? 갈비뼈라도 나간 모양새야."

　"제대로 손봤으니 크게 문제될 것은 없어."

　이미 근섬유 한 올, 한 올까지 진기가 스며드는 경

지. 육체의 모든 통제권을 의지 아래에 둘 수 있는 능력이었다. 진기를 운용하여 뼈를 맞추고 압박해 두었으니 격렬하게 움직이지 않는 이상 금세 붙을 것이다.

문제는 갈비뼈가 아니라 내상이다.

아직까지 기혈을 손상시킨 현성진인의 공력을 전부 씻어 내지 못했다. 아마 열흘 정도는 정양해야 할 것 같았다.

"노인장은 왔어?"

"서문 노인? 왔다. 원체 빠른 사람 아니냐. 네가 도착하기 나흘 전에 와서 혼자 놀고 계시다."

하여간 다른 건 몰라도 무공 하나는 기가 막힌 노인네다.

그토록 먼 거리, 아무리 강비가 내상을 입고 사람 하나 매고 있었다지만 이 격차는 지나치다 싶을 만큼 심하다.

"나 좀 쉴 테니까 뒤는 알아서 해."

"그래, 고생 많았다."

"술판은 깔았어?"

"쉬고 마셔라, 쉬고. 어련히 알아서 안 줄까."

"어련히 알아서 줬으면 내가 이러겠나. 내일 봐. 하루 푹 잘 테니까."

그대로 사라져 버리는 강비였다.

진관호가 나직이 투덜거렸다.

"하여간 이놈의 조직 상하체계가 엉망이야, 엉망."

3.
동행(同行)

며칠 뒤 송풍문에서 얼마 떨어지지 않은 인근에 온 몸이 피로 물든 상호가 꽁꽁 묶인 채 던져졌다.

그의 몸에는 그의 죄목과, 그 죄목을 인정하는 본인의 증서, 그리고 증거 자료들이 빽빽이 붙어 있었다.

관가의 사람들까지 연행되어 벌을 받았으니 빼도 박도 못하게 되었다.

송풍문이 한바탕 난리가 난 건 당연지사다.

관에서 나온 사람들이 상호를 인계받고 송풍문의 문주가 직접 십 년 봉문(封門)을 선언한 일까지 일사

천리로 진행되었다.

그렇게, 사건 하나가 마무리 되었다.

         *   *   *

"크으, 좋은 술이야. 이런 술을 어찌 혼자 마시려고 했단 말이야? 너 인마 그렇게 살면 안 돼."

영롱한 술잔에 든 액체를 단번에 입으로 털어 버린 서문종신의 말이었다.

그 맞은편에는 강비가 조금 못마땅한 표정으로 술잔을 기울이고 있었다.

제법 내상이 호전되었는지 혈색 좋은 얼굴이었다.

"영감 그거 내 술이라니까, 왜 와서 축내는 거야?"

"이놈아, 나 아니었으면 너 죽었을지도 몰라. 생명의 은인이란 말이다. 망할 놈이 은인에게 고맙다고 인사는 못할망정 술 한잔 나눠 주는 걸 아까워한단 말이냐?"

"사 먹어, 사 먹으면 될 거 아냐."

"늙은이가 돈이 어디에 있나고."

"암천루에서 세 번째로 월급이 많다고 들었는데."

"은퇴자금 모으는 중이다. 밥 한 끼 사 먹는데도 손이 달달 떨리더라. 술맛 떨어지는 소리 그만하고 한잔 따라 봐."

못 말릴 노인네다.

강비가 피식 미소를 지었다.

"어쨌든 덕택에 살았어. 꼼짝없이 송풍문으로 끌려가는 줄 알았거든."

서문종신이 다소 놀란 눈으로 강비를 보다가 껄껄껄 웃었다. 강비에게서 이런 소리를 듣게 될 줄은 생각조차 못한 모양이다.

"이놈이 그래도 고맙다는 인사도 할 줄 알고. 몇 년 만에 사람 됐군. 그래, 이놈아. 고마우면 고맙다고 인사도 할 줄 알아야 하는 게다. 이제 좀 말 섞을 맛이 나는군."

껄껄거리는 모양새를 보면, 현성진인을 긴장하게 만들 정도로 대단한 무공을 가진 노인이 정녕 맞는지 의심스러울 지경이다.

술을 마시는 것도 예와 법도가 있는 게 아니다. 혓바닥까지 날름거리는 게, 숫제 탐하는 기색이 역력했다.

암천루는 참 알 수 없는 인간들만 모인 곳 같았다.

루주인 진관호부터 시작해서 천외천(天外天), 구대
문파의 장문인에 필적하는 무력을 가진 서문종신까
지, 하나하나 비범하지 않은 작자들이 없다.

"영감."

"왜?"

"천천히 좀 마셔."

"이놈아, 빨리빨리 마셔야 취할 거 아니냐?"

"내 술이야. 주인이 나라고."

"조금 전에 고맙다고 인사한 것 같은데?"

"그게 술을 막 주겠다는 소리는 아니지."

"쩨쩨하게 굴래?"

"벼룩의 간을 떼어 먹어. 난 월급도 안 받는 처지
야. 이게 내 월급이라고. 지금 영감은 내 월급 뜯어
먹고 있는 거나 마찬가지야."

"예부터 술로 엮인 정이 우정보다 낫다고 했다. 너
그런 자세로 살다가는 평생 홀로 살걸? 사내가 말이
야, 술잔 돌릴 배포 정도는 가지고 있어야지!"

"배포는 내가 알아서 챙길 테니 빼앗아 먹는 본인
의 처지부터 제대로 생각했으면 하는데."

"아, 젠장. 알았다, 알았다고. 내가 나중에 한잔 사면 될 거 아냐? 됐냐?"

여전히 못마땅한 표정의 강비였다.

그는 나른한 자세로 천천히 술잔을 입가에 가져다 댔다.

"잊지 마."

"대장부 되기는 틀린 놈이로다."

툴툴 대면서도 기어이 술을 마시는 걸 보면 어지간히 술이 고팠던 모양이다.

서문종신이 고기볶음을 우물거리며 지나가듯 물었다.

"언제부터야."

"뜬금없이 무슨 소리야?"

"네놈 무공. 제법 답답할 텐데, 지금?"

강비의 나른한 눈에 한순간 광채가 맴돌았다.

진관호나 서문종신이나 대단한 건 매한가지였다. 그저 보는 것만으로도 상대의 수준과 상황을 꿰뚫어 본다.

단순히 무공이 높아서 가능한 것이 아니다.

무수한 경험과 수많은 무학서적을 독파하고 직접

체득한 자들만이 가질 수 있는 신안(神眼)에 다름이
아니다.

"석 달 넘었지."

"그럴 줄 알았다. 공력은 더 늘었지?"

"그 정도면 점쟁이 해도 되겠어."

"이놈아. 이미 한참이나 지나온 길인데 거기서 방
황하는 놈들 수준 모르면 말이 되냐? 딱 보면 척이
지."

가만히 젓가락을 내려놓은 서문종신의 입이 재차
열렸다.

"정기신(精氣神)의 일체화는 이루었으되 지금에 와
서 어느 하나가 다른 둘을 따라가지 못하고 있어서
문제인 거다. 정기신, 일체(一體)에 금이 간 것이지.
그것은 즉, 하단전(下丹田)의 기(氣)와 상단전(上丹
田)의 신(神)이 굳건하지만, 중단전(中丹田)의 정
(精)이 흔들린 것이야. 비틀리면서 얻은 공력은 있지
만, 제대로 수습하지 못하니 나아갈 길이 막힌 게다."

눈이 번쩍 뜨이는 이야기다.

강비의 눈이 서문종신의 입을 쫓았다.

"네가 익힌 무공이 뭔지는 잘 모르겠다만, 느껴지

는 기의 순도로 보건대 보통 대단한 신공이 아니야. 병장기를 들지 말고 신공에 참오 하는 시간을 늘려. 무작정 몸만 굴린다고 전부가 아니지. 지금 너의 수준에서는, 오히려 병장기를 쥐고 휘두르는 것보다 정신적 각성과 오욕칠정(五慾七情)을 제대로 다스리는 게 중요하다. 이미 지나친 공부라 하여 대충 보지 말고, 처음부터 하나하나 되짚어 봐. 길은 거기에 있다."

한 마디, 한 마디가 금과옥조(金科玉條)였다.

이처럼 대단한 고수가 맥점을 짚어 주고 수련의 길을 잡아 준다. 이것이야말로 기연이 아니고 무엇인가.

강비의 눈이 일렁였다.

"고맙군, 영감."

"그러니까 술 마신다고 너무 타박하지 마라. 이런 좋은 술은 일 년에 한 번 마시기도 힘들다."

진지함과 경박함 사이를 오가고 있다.

서문종신이 연신 웃음을 지으며 술을 털어 마셨다.

"그래도 나 마실 술은 좀 남겨 줘야 할 거 아냐."

"끝까지 속 좁은 놈이로세. 좋은 걸 나눌 때 기쁨은 갑절이 되고 나쁜 걸 나눠야 슬픔은 절반이 되는 게야."

"좋은 걸 나누면 그만큼 몫이 줄어드는데 왜 갑절이 돼? 나쁜 걸 나누면 둘 다 병신 되는 거지. 그거다 헛소리야."

"크하하, 네놈 말도 들어 보면 틀리진 않아."

두 사람의 진득한 웃음소리가 술자리를 맴돌았다.

의뢰 하나를 마친 후에 마시는 술. 언제나 일을 끝내고 마신 술은 달달하다.

거기에 유쾌한 사람이 끼어드니 즐거움은 커져만 간다.

새벽을 넘어서서 둘 다 술에 취해 곯아떨어질 때까지, 웃음소리는 끊이지가 않았다.

                *   *   *

제법 무리한 걸 알았는지 근 보름 동안 진관호는 강비에게 의뢰를 주지 않았다.

보름.

길다면 길고 짧다면 짧은 시간이다.

그 기간 동안 강비는 종일 호천패왕기에 매달렸다.

구결을 암송하고 법문을 살피며 기의 운행로와 감각까지 모조리 되짚어 보았다. 신공에 매달리니 기가 활발하게 돌아가고 현성진인에게 당한 내상이 아무는 속도도 훨씬 빨라졌다.

영양섭취가 좋아 갈비뼈도 이미 붙어 버렸다. 그는 이전의 몸 상태를 쉽게 찾았다.

호천패왕기는 신공.

스승께서 이름이 낯부끄럽다며 고쳤지만, 본래의 명칭은 호천패왕신공(護天覇王神功)인 것이다.

도가의 색채가 묻어 있지만 전장이라는 특수한 상황에 알맞도록 극도로 실전적이고 패도적인 힘을 부여한 기공이었다. 그만큼 거세고 격렬한 힘을 담고 있는 와중에도 심맥과 기혈을 보하는 진결이 가득하다.

중원 정점을 넘보기에 하나 부족하지 않은 무공이다.

그러나 그것은 곧, 그만큼 심오한 진리가 깃들었다고도 볼 수 있으리라. 한 글자, 한 글자에 말 못할 이치를 담고 있다.

이제껏 빠르게 달려왔기에 놓쳤던 구결의 뜻, 법문

의 이치들을 되짚으니 서문종신이 했던 말의 의미를 진심으로 알 수 있을 것 같았다.

그제야 그는 깨달았다.

인간임을 자각하지 못했기에 오히려 집중할 수 있었던 무학.

그 덕택에 지금 이 자리까지 도달할 수 있었지만 스스로 다시 인간임을 깨우쳤기에, 이전처럼 행했던 수련이 육신과 마음에 닿지 않아 벽을 만들었던 것이다.

감정과 욕구 등을 관장하는 중단전이 흔들렸던 이유가 거기에 있었다.

그것을 깨닫고 나니, 돌파구가 생긴 것은 순간이었다. 패왕의 진기가 홀연히 일어나 전신을 돌아가며 강건하게 만든다.

자신도 모르게 쌓아 두었던 중단의 탁기가 깨끗한 개울물에 씻은 것처럼 깔끔하게 변모한다.

그의 전신에서 은은한 붉은 광채가 일어났다.

피처럼 불길한 붉은빛이 아닌, 불처럼 화려한 붉은빛. 전신에서 약동하는 생명의 기운이었다. 어떤 장애 앞에서도 물러서지 않아도 될 듯한 막강한 기가 전신에서 약동하고 있었다.

가볍게 호흡을 고르는 강비.

천천히 눈을 뜨는 그다.

흑백이 또렷한 눈동자에서 일순 마주 보기 힘든 광망이 어렸다.

가히 신광(神光)이라 해도 과언이 아니었다.

'이것이로구나.'

편안한 심정으로 돌파한 정체기.

순수한 깨달음.

안개로 가득했던 앞길을 헤치고 나아가니 그야말로 신세계가 펼쳐져 있다.

가벼운 흥분이 느껴지지만 그렇다고 심동이 크진 않다. 제대로 잡힌 중단전 덕택에 부동심에 가까운 마음을 얻은 것이다.

그는 자신의 무릎 위에 올라간 창을 보았다.

진관호가 구해다 준 창.

창을 보면서 그는 이전의 사건들을 떠올렸다.

지나친 공력이 주입되면 부러졌던 창들.

'틀렸다. 내가 미숙했던 탓이야.'

아무리 막강한 진기를 쏟아부었어도, 어떻게 다루

냐에 따라 병기는 신병(神兵)이 될 수도, 나약한 나뭇가지가 될 수도 있는 것.

깨달음이 낮고 정기신이 흔들렸기에 공력 전환이 제대로 되지 않아 창대가 부러진 것이다. 평범한 장창이었어도, 지금 손에 쥔다면 어떠한 병기 못지않은 강도로 휘두를 수 있을 것 같았다.

무공 전개에 있어서도 이전보다 훨씬 확장된 자유로움을 느낀다.

공력이 증폭된 것은 둘째.

삼단전이 활성화되자 육신의 자유로움은 물론 사고가 넓어지고 시야가 트였다. 지금까지 제대로 휘두르지 못했던 무공들을 정립하여 깔끔하게 사용할 수 있을 것만 같았다.

상승의 경지.

이전에도 충분히 강하다 할 수 있었지만 그는 자신이 진실로 강하다고 생각하진 않았다.

지금에서야, 오롯이 균형 잡힌 기도 속에서 살고 있는 자신을 보고 있는 지금에서야 그는 진정한 상승의 경지에 도달했음을 깨달았다.

일찍이 겪어 보지 못했던 깨달음의 벽이었지만, 그

만큼 뚫고 지나가니 과거 어느 때보다 넓은 세상에 왔음을 느꼈다.

천천히 자리에서 일어난 그가 가볍게 몸을 풀었다.

어깨를 돌리고 발목을 돌린다. 사지가 이토록 자유로울 수 있구나, 웃음이 나올 것만 같았다.

"이제 좀 봐 줄 만하군."

느닷없이 들리는 목소리다.

아무리 강해졌다고 한들, 이 사람의 경지까지 도달하기엔 아직 멀었다는 생각이 들었다.

기척조차 잡아낼 수 없었다.

어느새 그의 등 뒤에서 뒷짐을 지고 나타난 서문종신이 있었다.

"요새 심심한가? 왜 이렇게 자주 나타나?"

"심심하지. 다른 애들 다 의뢰 나가서 놀아 줄 사람이 없어. 쉬고 있는 사람은 나랑 너까지 다섯밖에 안 되는데, 다른 애들은 놀아도 영 재미가 없단 말씀이지."

강비의 표정이 대번에 나른해졌다.

귀찮기가 말도 못하다는 표정, 서문종신이 투덜거린다.

"망할 놈. 할 거 없으면 밥이나 한 끼 하자."

"지금은 안 돼."

"왜? 가닥 하나 잡았다고 거기에 매달리려는 심산이라면 관둬라."

날카로운 안목이었다.

이미 강비가 이전과는 또 다르다는 걸 알아본다.

이제는 대단하다는 말조차 하기 민망할 정도다.

"무공이든 학문이든, 자연스레 놔두는 게 최선이야. 극도의 노력으로 지금의 경지까지 왔다면, 지금부터는 흐르는 대로 놔두라는 것이지. 특히나 네가 익힌 무공처럼 그 근본이 도가적 색채가 진중한 것이라면 더욱 놔둘 필요가 있어. 숨 쉬는 것처럼 자연스레 여기는 것. 마음의 부담과 흥분은 가라앉히고 천천히 걷는 법부터 배워라."

서문종신이 하는 말은, 언뜻 간단해 보여도 말 못할 이치가 가득하다.

한 마디, 한 마디에 현기가 서려 있었다.

자신보다 높은 위치에 거하는 자, 반박할 말이 없었다.

"됐으니까 저리 가."

"쳇, 내 말 무시하다간 큰 코 다치지."

"그럼 조금 봐 주든가."

서문종신의 눈이 커졌다.

무공을 조금 봐 줘라.

서문종신으로서도 강비의 입에서 이런 말이 나올 줄은 정녕 생각지도 못했던 것이다.

뱃속에 능구렁이 몇 마리를 숨겨 놓았는지, 항상 수련을 할 때도 홀로 참오 하는 성격이었는데 이제는 대놓고 봐 달라 한다.

이전 강비의 성격으로는 감히 입에도 담을 수 없는 말이었다.

확실히 달라졌다.

스스로의 위치를 정확하게 깨닫는 자가 아니었다면 감히 이런 말도 못했으리라.

서문종신은 제법 유쾌해진 심정이었다. 빙그레 웃은 그가 바위에 털썩 주저앉았다.

"어디 한 번 해 봐. 몇 가지 조언 정도는 던져 주마. 다 끝나면 밥 먹으러 가는 거다?"

가볍게 부탁한 강비도 강비였지만, 그것을 그대로 들어주는 서문종신도 대단하다면 대단하다.

그렇게 강비는 춤을 추었고 서문종신은 눈을 빛냈다.

*　　　　*　　　　*

타앙!

마지막 일권(一拳)을 내지른 강비가 팔을 거두고 서문종신을 바라보았다.

"어때?"

"음……."

서문종신, 가만히 턱을 쓰다듬는 모양새가 깊은 생각에 잠겨 있는 듯하다.

그 와중에도 한 줄기 감탄을 숨기지 않으니, 강비가 시연한 무예가 어지간히 인상 깊었던 모양이다.

"너, 군문 출신이라더니 굉장히 실전적인 권법을 구사하는군. 창술도 창술이지만 권법은 거의 노골적으로 상대를 박살내겠다는 진경이 한가득이야. 잘못 걸리면 한 수 위의 고수라도 무사치 못하겠어."

"아무래도 수양과는 거리가 머니까."

당연하다면 당연했다.

육신을 강건하게 만들고 정신적 수양을 중시한 산중 무학들과는 달리 군문, 황궁의 무학은 오로지 상대의 파멸만을 위해 무조건 돌진하는 극살(極殺)의 무공이다.

비록 깊은 무리(武理)와 진결들은 부족하다 할지언정 실전적인 측면에서는 전투를 위해서만 발전이 된 군문의 무공을 따라올 것이 몇 없다.

"내 말은 그것이 아니야."

서문종신의 눈이 모처럼 진지해졌다.

동시에, 그의 눈을 보는 강비의 눈도 한층 강렬해졌다.

"물론 네가 펼치는 권법 역시 보통 무공이 아니지. 하지만 형(形)과 진결을 파악하건대 순수 도가무공이라 해도 부족함이 없어. 그러한 권법을 네가 네 스스로 새로이 깨우쳐 몸에 붙인 것 같은데, 본래의 웅장함과 세련됨을 기본으로 한 권법임에도 굉장히 실전적인 강권(强拳)으로 풀어내고 있어. 말하자면 일격필살(一擊必殺), 일타일살(一打一殺)이란 말이다. 권법의 이해도가 높으니 그것이 나쁜 것이라 볼 순 없어도, 강유의 조화가 흔들렸다면 그건 문제가 되지.

지나친 강렬함으로 파괴력만 극대화시키니, 무공 본연이 가진 근본에 도달하기 힘든 거야."

그러면서 천천히 일어난 서문종신.

그가 조용히 자세를 가다듬고 허공을 노닐었다.

바닥을 박차고 주먹을 뻗는다.

강비의 나른한 눈동자 속에서도 놀라움이 가득했다.

서문종신이 펼치는 무공, 권법.

자신이 펼쳤던 권법이다.

그것도 껍데기만 흉내를 낸 것이 아니라, 제대로 펼쳐 내고 있다.

한 번 본 것만으로도 상대의 무공을 낱낱이 파악해 버리는 종사의 힘이었다.

충격적이다.

서문종신이 펼치는 무공의 형(形), 그야말로 강비가 도달하고자 하는 극의를 담담하게 보여 주고 있다.

황홀할 정도로 웅장한 자태. 그 속에 부드러움과 강렬함이 번갈아 가며 공기를 터트린다. 그만큼 동작이 크면서도 빈틈이라고는 찾아볼 수 없다.

완벽에 가까운 무공이었다.

"어때? 좀 감이 잡히나?"

말을 잇지 못하겠다.

엄청나다는 진부한 수식어밖에 사용할 수가 없었다. 그 이상의 표현을 찾기가 힘들다.

항상 느껴 왔던 것이지만 실제 이렇게 보니, 서문종신은 가히 무신(武神)이라 불리어도 손색이 없는 사람이었던 것이다.

"한데 이 권법 말이다. 짐작은 하고 있었지만 내 직접 움직여 보니 잘 알겠군. 혹시 멸문한 곤륜(崑崙)의 무공이냐?"

거기까지도 파악이 가능하단 말인가.

서문종신의 안목은 무섭도록 정확했다.

그렇다.

호천패왕기는 화산의 내공력을 바탕으로 스승이 어떻게든 군문의 무공과 합치시켜 만든 일세의 역작이었지만, 이 권법은 그렇지 않다.

파문당한 스승이 천하를 방랑하며 우연치 않게 얻었던, 과거 도교무학의 성지(聖地)로까지 불렸던 곤륜의 권법을 바탕으로 만든 것이다.

아직까지 도문의 색깔이 짙은 무공.

구름 속을 헤쳐 나가는 한 마리 용과 같다. 까마득한 과거 곤륜의 자랑 중 하나였다는 태청신권(太淸神拳)이 근본인 권법이었다.

"맞아."

"그렇군. 어쩐지 웅장함이 남다르다 했다. 아무리 빠르고 격정적으로 풀었다고는 해도 중원 천하, 이만큼 깊은 상승의 진결이 깃든 무공도 드물지."

조직원들의 과거를 크게 궁금해한 적이 없지만, 이쯤 되면 진정 서문종신의 과거에 대한 호기심이 불쑥 솟아난다. 어떤 과거를 가졌기에 이 정도의 무공을 갖추었으며, 누구도 알아보기 힘들 만큼 변형이 된 강비의 권법을 근본까지 꿰뚫어 본단 말인가.

"이렇게 되니 너에 대한 전반적인 문제점을 알겠다."

"뭐지?"

"넌 너무 육신의 깨달음만을 강조했어. 그게 나쁜 것이 아니야, 오히려 좋지. 수양만 할 것이 아니라, 지난바 무도로 상대와 겨루기 위해서라면 더할 나위가 없어. 하지만 넌 이게 부족해."

손가락으로 자신의 머리를 두드리는 서문종신이다.

"진기의 구결도 그러하고, 참오가 부족하다는 것이다. 무재(武才)가 남달라 지금까지는 단순 수련과 전투 경험만으로 어떻게 여기까지 왔지만 앞으로는 좀 더 명상의 시간을 가지는 게 좋을 거다. 네놈의 진기를 보아라. 조금만 주의를 기울였다면 거기서 막히지도 않았을 거다. 너도 모르는 새에 구결과 법문의 중요성을 잊은 거야. 육신의 수련만큼이나 참오의 시간을 가지는 것도 중요하다. 수련, 단련에 있어서도 중도(中道)는 중요해. 한쪽으로만 치우쳐진 수련은 언젠가 반드시 파탄을 드러내기 마련이다."

이 또한 금과옥조.

과거 스승 덕택에 무학을 접했지만, 스승 밑에서 제대로 수련을 한 것은 몇 년 되지 않는다. 그 외의 시간은 오로지 전투와 스스로의 깨우침만으로 키워 온 무공이다.

스승도 없이 여기까지 도달한 강비.

어찌 보면 그 또한 기가 막힌 일이었지만, 스승이 있어 제대로 커 왔다면 보다 높은 경지를 이루었을 가능성이 크다.

무예에 있어서 까마득한 선배인 서문종신의 말을

들으며 강비는 스승이라는 존재가 그 어느 때보다도 절실해졌음을 깨달았다. 동시에 그의 무공은, 이젠 스승의 가르침보다 본인의 깨달음으로 풀어 나갈 경지에 있으니, 참으로 얄궂은 일이다.

"그렇군."

"자, 내가 할 말은 여기까지야. 이제 밥이나 먹으러 가지. 전에 약속했으니까 오늘은 내가 사마."

*　　　*　　　*

서문종신의 가르침.

가뭄 난 땅에 쏟아진 단비와 같았다.

그때를 기점으로 강비의 수련은 또 다른 면모를 보이기 시작했다.

육체를 수련하는 것은 같되, 항상 명상을 동반했다.

하나하나 세심하게 들여다보고 몸을 움직이니, 이전보다 가일층 진보한 성장 속도를 보이고 있었다. 하루하루 달라지고 있었다.

처음이 어려웠지만, 시간이 지나자 탄력이 붙었다.

진기의 이해도 역시 무섭도록 빨라지고, 무공을 전 개함에 있어서도 현묘함이 되살아났다. 극도로 실전 적인 것은 변함이 없으되, 익히고 있는 무공 본질에 다가서니 내력의 수발과 운용에 있어서도 정교함을 갖추게 되었다.

빠른 성장이었다.

절로 깊어지는 무공, 예전과는 비교조차 할 수 없 는 보람과 재미가 있었다.

그렇게 얼마나 지났을까.

진관호가 상당히 피로에 지친 눈으로 그를 찾았 다.

집무실에 앉아 천천히 눈을 비비는데, 잠은 자면서 일하는 건지 의문이 갈 정도로 피폐한 기색이다.

그의 맞은편에 앉은 강비가 나른한 자세로 앉았다. 무공은 깊어졌다지만 역시나 변하지 않은 모습이었 다.

"무슨 일이야?"

"뭐겠어? 의뢰지."

"당분간 쉬나 싶었는데 또 일거린가."

"노골적으로 귀찮다는 표정이군. 이놈아, 본연의

업무에 충실할 줄 알아야지. 누구는 잠도 못 자면서 개고생 하는데."

확실히 진관호의 얼굴은 심상치가 않았다.

지닌바 힘도 대단할 텐데 이만큼이나 피로해 보인다. 그만큼 심력 소모가 심하다는 증거일 것이다.

탁자 위로 종이 하나를 꺼내서 건네는 진관호.

강비의 눈썹이 꿈틀거렸다.

"섬서(陝西)?"

"그래."

"위험한 지역인데."

섬서성엔 구파 중 화산파와 종남파가 있다.

강호의 아홉 기둥 중 두 개의 무파가 한 지역에 존재한다. 그만큼, 거동에 문제가 있을 수 있다는 것이다.

워낙 땅덩어리가 넓다 보니 만날 가능성이 적다고도 할 수 있지만, 또한 그 광대한 땅 곳곳에 무파들의 정보망이 깔린다.

수상한 움직임이 포착되는 순간 위험도는 증가한다. 상당히 마뜩찮은 의뢰다.

더군다나.

'스승님의 사문.'

화산파.

소림과 무당이 있어 천하 무파 중 수위를 다툰다고 하지만, 화산의 검학(劍學) 역시 무당파에 비해 떨어지지 않는다고 하였다.

단순 검학의 조예만 따지자면 무당을 넘볼 수도 있다는 곳이 검파(劍派), 화산검문이다.

"그렇게 생각하자면 한도 끝도 없어. 여기, 암천루 본진이 어딘지 잊은 거냐? 어떤 곳이든 위험하긴 매한가지야."

"그도 그렇군."

"하지만 네가 걱정하는 것도 알 것 같군. 일단 의뢰 내용이나 읽어 봐."

강비는 천천히 서류를 읽어 나갔다.

잠시 후.

강비의 나른한 눈동자 속에 번쩍이는 광채가 일어났다.

"의선문(醫仙門)에서 의뢰를?"

"그래."

의선문이라 하면, 강호에 몇 없는 특이한 문파다.

무공과 의술, 양쪽을 병행하며 일어선 문파로 기실 문파라기보다는 의가(醫家)라 해도 과언이 아니다.

무공보다는 드넓은 인심과 의술로 고관대작에서부터 돈 한 푼 없는 거지들까지, 병을 치료하는 데에 있어 천하에서 손꼽히는 의원들의 단체다.

무공을 익히는 것은 일신의 안위를 위해서이기도 하지만, 보다 더 인체를 확실하게 알기 위해서, 그리고 기(氣)와 의술의 병합을 위해서 익힌다.

다소 특이한 만큼 알려지기도 많이 알려진 문파라 할 수 있었다.

가볍게 한숨을 쉰 진관호가 말을 이었다.

"너는 모르겠지만 얼마 전, 강호에 제법 큰 사건이 터졌다. 의문의 단체가 의선문을 습격한 것이 그것이지."

의선문을 습격한 의문의 무리들.

큰 사건이다.

의선문은 정도(正道) 중에 정도를 지향한다.

병에 걸린 자, 어디든지 달려가 치료했다.

위정자(爲政者)의 억압에도 굴복하지 않고 민초들을 위하는 의문. 그것이 갸륵하여 십여 년 전 황제가 직접 전답과 보물 등 온갖 자원을 하사한 바가 있었다.

이를 테면 관가와도 인맥이 깊은 문파라 할 수 있는 것이다.

그런 의선문이 습격을 당했다.

보통 일이 아니다.

"아직까지 제대로 된 정체를 파악하기가 난해해. 하지만 그 무리들이 습격한 이유는 있었지."

"뭔데?"

"의선총경(醫仙總經)."

"책인가?"

"맞아. 의선문의 보물이라 해도 과언이 아니지. 의선총경에 수록된 수많은 의학 지식들은 그야말로 비전 중에 비전이라더군. 의선문 측에서도 천하 민초들을 위해서 개방하고 싶었지만, 위험한 지식들도 상당해서 온전히 꺼내지 못했던 책자야. 그래서 강호에 꺼내 보인 의선문의 책들은 그러한 위험 지식들을 제거한, 상당히 수준 높은 의학서들이다."

"그 위험한 지식이 많은 의선총경이 탈취 당했다는 건가?"

"맞다. 의선문에서도 제대로 말해 주진 않지만, 내 생각에는 상당한 수준이 아니라, 대단히 위험한 지식들이 수록되어 있는 것 같아. 그걸 노려서 뭘 어쩌겠다는 건지 모르겠지만 어쨌든 일은 벌어졌어. 그 의선총경을 찾아 달라는 것이 바로 의선문의 의뢰다."

"도대체 얼마나 위험한 지식이기에 그걸 노리고 습격한 건지 모르겠군. 하물며 관가와도 인맥이 대단한 의선문을."

"더 조사는 하겠지만 일단 당장은 그것이 중요한 건 아니야. 의뢰는 받았고, 그걸 이행해야만 하지."

"골치 아프군. 사람 하나 찾는 것도 아니고 의학서적을 찾으라니."

"내 말이."

"이런 의뢰는 왜 받은 거야?"

"지인이 있거든."

"의선문에?"

"응."

참 대단한 이유구나 싶었다.

하지만 공사 구분이 확실한 진관호의 성정으로 보아 하건대, 보통 인연은 아니었으리라. 더군다나 확실히 믿을 만한 의뢰자였기에 의뢰도 받아들였을 것이다.

"한 가지 문제가 더 있어."

"뭔데?"

"의선총경이 유출된 것, 의선문 측에서 보면 대단히 큰 사건이야. 비상이 걸린 셈이지. 그래서 아는 사람도 극소수에 불과해. 한데 그 극소수 중에 골치 아픈 집단이 얽혔어."

"설마 구파는 아니지?"

"맞아."

"젠장."

욕지기가 절로 나왔다.

섬서로 가라 하였다. 더군다나 구파가 끼어들었다.

그렇다면 답은 바로 나온다.

"화산이야, 아니면 종남이야?"

"둘 다."

"지금 나 보고 죽으러 가라는 건가?"

"너 아니면 다른 사람을 붙일 수가 없어. 서문 노인이 있다지만, 이것 보다 더 위험한 의뢰에 착수했거든. 서문 노인을 제하면 당장 급하게 무력을 쓸 수 있는 사람은 너밖에 없어."

진관호의 눈에 떠오른 것은 미안함이었다.

"면목이 없다. 업무를 제치고 내가 나서려고도 해 봤지만, 상황이 상황인지라 그것도 불가능해. 제대로 설명해 주진 못하지만 암천루 자체가 의선문 덕을 봤었지. 과거에 의선문이 아니었다면 암천루도 지금 없었을 거야. 나로서도 의뢰를 받은 건 어쩔 수 없는 선택이었다."

그렇게까지 말한다면 별 수 없는 일이다.

아니, 이렇게까지 말을 하지 않아도 의뢰를 받기야 했을 터다. 실상 상관인 입장에서 이런 말을 해 주기도 쉽지 않음을 강비는 잘 알고 있었다.

"언제 출발하면 되지?"

"빠르면 빠를수록 좋아. 당장 내일이라도 출발해 주면 좋겠어."

"알겠다. 한데 문제가 하나 있어."

"알고 있다. 추적술을 말하는 거지?"

"그래."

강비는 범상치 않은 인재다.

무력도 출중하고 원체 귀찮아하는 성격이라 그렇지

눈치도 보통이 아니다.

군 출신, 더군다나 암천루에서도 삼 년간 의뢰를 받아 해결한 전적이 있으니 추적술에서도 일가견이 있다. 그렇지만 이토록 난마처럼 얽힌 사건에는 단순 추적, 그 이상을 보아야만 한다.

말인 즉 전문가가 있어야 한다는 뜻이다.

"사람 하나 붙여 줄게. 사이좋게 해결해."

"누군데? 굳이 사이좋게라는 말을 붙일 필요가 있나?"

그때였다.

끼이익, 하며 문을 열고 들어오는 한 명의 사람이 있었다.

"있죠."

낭랑한 목소리다.

목소리에서 풍겨 오는 지혜, 어린 나이임에도 측량키 어려운 힘이 가득하다.

뒤도 돌아보지 않은 강비가 가볍게 눈살을 찌푸렸다.

"망했군."

들어온 사람은 다름 아닌 당선하였다.

    *   *   *

 새하얀 의복이 참으로 잘 어울리는 여인이었다.

 별빛처럼 초롱초롱한 눈빛과 곱게 앉은 자태가 놀랍다. 젊은 여인, 그럼에도 비범한 구석이 있었다.

 일평생 의술(醫術)에 매진한 여인. 지혜와 자애로움이 한껏 드러나는 분위기가 더할 나위 없이 매력적이었다.

 의선문의 소문주. 문주 한회(韓廻)의 무남독녀인 한진희(韓瑨希)가 그녀였다.

 그러한 고아한 분위기의 한진희가 다소 우려가 섞인 눈으로 아비를 바라보았다.

 "괜찮을까요?"

 "걱정하지 말자. 그들은 믿을 만한 이들이다."

 한회의 외양 역시 문사의 그것과 같았다.

 고풍스럽다는 느낌이 강하게 든다.

 유연함과 딱딱함이 한 곳에 있는 듯했다.

 딸인 한진희처럼 실로 비범한 분위기를 풍기는 와중에도 부드러운 눈매가 한가득 자애로움을 보인다.

"하지만 아버님. 그들은……."

차마 말을 잇지 못한다. 한회는 그런 딸을 부드러운 눈으로 바라보았다.

"왜? 뒷골목, 드러나지 않아 정체가 불분명한 이들이라 부담스러운 게냐?"

정답이다.

암천루라니, 그런 조직이 있는 것도 처음 알았다.

뒷골목이라 불리지만 그러한 동네 역시 강호의 일부분일진대, 지금까지 명성 한 번 날리지 못했다는 것도 믿음직스럽지가 않았다.

달리 생각한다면 그토록 대단한 조직이 모든 정보를 은폐하며 숨어들었다고도 할 수 있으니 오히려 저력이 있다고 해야 할까.

그러나 어떤 일을 처리했는지도 모르는 상황에서야 아무리 성격 좋은 한진희라 할지라도 무조건 믿기가 힘들 수밖에 없었다. 순수한 협(俠)의 일환으로 도와주겠다 말한 화산과 종남과는 차이가 날 수밖에 없었다.

게다가 구파라니, 그것이 보통 이름이던가?

함부로 누군가를 비교하는 성격은 아니었지만, 자

연스레 비교가 될 수밖에 없었다.

"외람된 말씀이오나, 정체불명의 조직에 손을 뻗치는 것보다는 다른 명문대파에 부탁을 하는 것이 더 좋다고 생각해요. 아버님이 말씀하셨으니 능력을 의심하진 않겠지만 그렇다고 가벼이 여길 수도 없는 사안이니까요."

"네 마음 충분히 이해한다. 그러나 나는 내 선택을 믿는다. 그들은 결코 녹록한 이들이 아니야. 특히나 작금의 암천루의 루주를 맡은 이는 실로 놀라운 자라 할 수 있지. 대기(大器)라 해도 과언이 아니다. 오히려 이런 부분에서는 구파보다도 출중한 능력을 보일 거라 난 확신한다."

구파보다도 출중한 능력.

그것이 도대체 어떤 능력인지 상상할 수가 없다.

한진희가 다소 놀란 눈으로 한회를 바라보았다.

그녀는 누구보다도 문주이자 아버지인 한회를 잘 알고 있었다. 함부로 말하지 않고, 함부로 행동하지 않고, 함부로 드러내지도 않는다.

도교에서 말하는 진인(眞人)과도 같은 사람이 바로 아버지이리라 그녀는 생각해 왔었다.

그런 아버지가 하는 말이다.

"그들 능력이…… 그토록 대단한 것인가요?"

"단순한 무력, 힘으로 보자면 구파와는 비교할 수
없지. 그러나 그들은 무력 이외의 일에서 가히 발군
의 역량을 보인다. 무언가를 추적하고 암어를 해독하
며 침투, 공작 등 온갖 어지러운 일에서 강호 정상을
달린다. 네가 말했듯, 그리 출중한 능력을 가졌음에
도 아직까지 알려지지 않은 것 역시 그들이 정보를
조작했기 때문이야. 오히려 민초들의 삶에 녹아서 살
아가는 자들이다."

민초들의 삶 속에서 녹아 산다.

받아들이기에 따라서는 참으로 좋을 수도, 나쁠 수
도 있는 말이었다.

한진희의 아미가 살짝 찡그려졌다.

"그렇다면 해결사라 하는 이들이군요."

"해결사. 그렇지, 해결사라 할 수 있지. 하지만 또
평범한 해결사라 보기에는 무리가 있어."

"그게 무슨 말씀인지요?"

"단순한 해결사라 하기에는, 지닌 능력이 대단히
출중하다는 뜻이다."

말을 들을수록 감을 잡을 수가 없다.

그것은 그녀의 머리가 나빠서가 아니었다. 아직 그러한 영역에서의 일에 대한 경험이 전무(全無)한 까닭이다.

한회는 가만히 웃었다.

억지로 딸을 이해시켜 줄 필요는 없으리라.

모든 것은 결과로 드러날 터, 비록 화산과 종남에 청을 넣었지만 그는 구파의 두 곳보다도 오히려 암천루에 기대를 거는 바가 컸다.

"곧 그들이 당도할 것이다. 손님 맞을 채비를 해라. 귀한 손님이니 결코 박대하는 일은 없도록 하여라."

*   *   *

"여기가 의선문이군요."

생각했던 것보다 상당히 조촐한 느낌.

심지어는 편액조차 없었다.

그저 고풍스러운 전각 몇 개가 합쳐진 것인데, 환자들을 수용해서 그런지 넓다는 느낌은 있어도 수려

하다거나 감탄이 나올 만한 건축물은 아니었다.

외양은 중요한 게 아닌 것.

그저 환자들을 치료하고 의술을 펼치는 데에만 일생을 거는 선인(善人)들의 장소다. 그저 문 앞에만 서는 데에도 약향(藥香)이 진하게 풍겨 나왔다.

제법 먼 길이었지만 의선문까지 온 그들의 외양은 상당히 깔끔했다. 환자들이 많은 곳인 만큼 더러움은 씻어 내야 한다는 것이 당선하의 주장이었다.

덕택에 둘은 오기 한 시진 전 객잔에서 배를 채우고 목욕까지 깔끔하게 한 상태였다.

강비는 한껏 귀찮다고 했지만 당선하의 말을 무시할 수 없었다.

단순히 무시하기에는 이치에 맞는 말이었다.

환자들이 있는 곳에 더러운 사람이 가면, 아무래도 문제가 될 수밖에 없었다.

그는 천천히 눈을 감고 기감을 열었다.

기감이 열리니 천지사방의 기운이 손에 잡힐 듯 요동치는 게 보인다.

비록 단정할 수는 없지만 사악하다거나 독랄하다는 느낌이라고는 찾아볼 수 없다.

예상대로 좋은 문파라는 생각이 들었다.

하다못해 문을 지키는 수문위사들조차 없었다. 무인들이 속한 문파가 아닌 의술을 배운 의원들의 장소라는 것일까.

조용하게 왔음을 알리니 문이 열리고 한 명의 사내가 모습을 드러냈다.

손에는 피 묻은 헝겊이 들렸 있었다. 얼굴 여기저기에 핏방울이 튀었지만 흉하다는 느낌은 없다.

선한 얼굴, 방금 전까지 환자를 보고 온 사람이 분명했다.

"누구신지?"

"오늘 오기로 약속된 사람들이에요. 문주님께서 직접 보자고 하셨지요. 루에서 왔다고 하면 아실 거예요."

"아, 그렇군요. 들어오시지요."

얼마 전 큰 횡액을 당했다고 들었음에도 들어오는 사람을 의심하는 기색이라곤 찾아볼 수가 없었다.

천성이 선한이라서 그런 것일까?

아니다. 배움이 진중하고 가르침이 남달라서 그럴 것이다.

함부로 사람을 의심치 아니함에도 본질을 꿰뚫어
본다.

비록 일신의 무력이라고는 평범한 수준이지만 문을
열어 주는 이 젊은 사내 역시 보통 비범한 사람이 아
니었다.

사내를 따라 의선문의 안쪽으로 들어선 두 사람이
었다.

당선하는 조용히 뒤를 따라가며 주위를 둘러보고
강비는 오로지 앞만을 바라보았다.

하지만 둘 모두 이곳 건물의 배치와 이동하는 사람
들을 파악하는 것에 확실한 신경을 쓰고 있었다.

강비는 조금 놀랐다.

밖에서 봤을 때와는 다르다. 건물 자체가 변한 것
은 아니었지만 이렇게 들어와서 보니 또 달랐다.

'상당한데.'

건물들의 배치. 의원들이 거하며 환자를 돌보는 곳
이라 하였나.

단순히 그런 곳이 아니었다.

언제 어느 때라도 침습에 대비할 수 있는 구조였
다.

소수이건 다수이건 상관없이 모두 대비가 가능한 절묘한 배치. 선한 품성과 드높은 의술로 명성이 있는 곳이라지만 결국 이곳도 강호의 일부분, 사이한 마음을 품고 들어온 이들을 대비하여 내부의 사람들을 안정케 하는 것.

보면 볼수록 범상치 않은 곳이었다.

"이쪽입니다."

문주가 거하는 곳.

집무실이자 방.

세상에는 환자가 많고 배움에는 끝이 없다. 의선문주 한회, 자신의 삶을 열정적으로 살아가고 있는 인물이라는 생각이 들었다.

"문주님, 루에서 오신 분들이 당도하였습니다."

"어서 들라 하시게."

천천히 열리는 문.

그리고 그 안에 드러나는 풍경.

삭막하진 않았지만 화려하지도 고풍스럽지도 않다. 깔끔하다고 할까. 필요 없는 것은 모두 없앤 방이라는 느낌보다 환자가 들어섰을 때 마음의 안정을 우선으로 한다는 느낌이 강한 방이었다.

"어서 오시오. 내가 미거하나마 당대 의선문을 맡고 있는 한회라는 사람이오."

첫 느낌은 역시나 부드럽다는 것이다.

자애로운 눈빛, 그 속에 어떠한 악기도 없다. 마치 도문의 도사를 보는 듯 청량함만이 가득했다.

강비의 나른한 눈에 이채가 띤다.

'놀랍군.'

부드럽기 짝이 없는 기도 속, 강건한 중심이 있다.

의술에 치중했다 하지만, 그만큼 육신의 당당함도 드높다. 놀랍게도 느껴지는 기도가 일전에 겨루었던 상호에 필적해 보였다.

강호의 어지러운 싸움에는 관여치 않는 사람이라 전투적인 면에서 기대하긴 어려워도, 느껴지는 힘 하나는 대단했다. 순정하고도 순정한 기운, 이 정도면 구파의 어지간한 후기지수들에게서조차 통할 만한 기도다.

"암천루에서 나왔어요. 당선하라고 해요. 의선문의 문주를 뵙게 되어 영광입니다."

예와 격식을 제대로 차린 인사였다.

강비 역시 가볍게 목례를 취한다.

"강비라 하오."

그것이 전부였다.

당선하가 조용히 눈치를 주었지만 강비의 태도는 변함이 없었다. 굳이 상대를 자극하고자 하는 의도도 없었고 다만 그것이 그의 천성일 뿐이다.

한회가 가볍게 웃었다.

전혀 개의치 않는다는 기색. 오히려 그의 옆에 앉은 젊은 여인의 표정이 그다지 좋지 못했다.

"헌앙한 분들이 오셨구려. 앉으시오, 때마침 차를 끓였는데 맛은 좋지 못할지언정 심신에 안정을 줄 테니 지친 몸을 달래는 데에 나쁘진 않을 것이오."

시종일관 부드러운 기색이다.

'군자로군.'

절로 떠오르는 단어.

천천히 둘의 맞은편에 앉은 강비와 당선하였다.

"이쪽은 내 딸내미요. 아직 부족함이 많은 아이지만 이곳의 작은 주인을 맡고 있소."

"한진희라 해요."

몸가짐, 예법. 어느 하나 티를 잡기 힘들 정도로 완벽하다.

세상 모든 사람들이 보고 배워야 할 법도가 한 몸에 있다.

한회의 무남독녀라더니, 의술의 실력을 제외하고서도 결코 가벼이 여겨서는 안 될 사람이라는 생각이 들었다.

당선하가 그리 생각했다면 강비는 또 다른 생각을 했다.

'오히려 이쪽이……?'

한회의 기도도 놀랍지만, 진짜 놀라움은 한진희라는 이 여인이다.

어린 나이, 많이 잡아도 스물다섯이나 되었을까.

기도가 문주인 한회와 큰 차이가 없었다. 오히려 공력의 깊이라고 보았을 때는 한회조차 앞선다.

중원 정통의 무공을 오랫동안 수련하지 않았다면 나올 수가 없는 기도.

비록 강비 자신에 비한다면 몇 수 물린다고는 하나, 그 나이 대에 보이기 힘든 기도가 은연중에 흐르니 명문대파의 제자라 해도 믿겠다.

'예기는 없다. 표홀하고 걸음이 빨라. 그 와중에 묵직한 기의 흐름…… 권장(拳掌)을 익혔군.'

기도를 보고 느끼는 걸 넘어서서 어떤 무공을 익혔는지까지 파악해 냈다.

무공의 어느 한 벽을 넘어선 강비의 경지는 그와 같았다. 이전이었다면 잡아챌 수 없는 부분들을 한 번 보고도 모조리 꿰뚫는다.

가볍게 몇 차례 인사말이 오갔다.

대부분 한회와 당선하가 주도하는 대화였고 한진희가 한마디씩 거든다. 강비는 시중일관 이야기를 듣는 쪽이었다.

"말이 나와서 말인데, 저희 쪽에서도 상당히 이례적인 일이었어요. 의뢰자를 만나서 의뢰 여부를 판단하는 분은 대부분 루주님의 일이거든요. 이렇게 의뢰자를 실행요원들이 직접 보는 경우는 무척이나 드물죠."

부드럽게 화제를 넘기는 당선하였다.

무수한 사람들을 만나보고 겪어 배운 절정의 화술.

한회가 조금 어두운 안색으로 고개를 끄덕였다.

"어쩔 수가 없었소. 나는 당대 루주를 직접 보았고 그의 그릇에 크게 감탄한 바가 있었으나, 문서로만 넘겨 일을 진행하기에는 다소 무리가 있으리라 판단했소. 하여 이런 자리를 만들었소."

미안한 기색이다.

당선하가 편안한 웃음으로 대했다.

"의뢰자의 말을 정확하게 듣고 판단하는 것이 이럴 때는 더 나을 수도 있는 법이지요. 오히려 의뢰 성공률이 높아질 수 있으니 문주님께서는 크게 개의치 않으셔도 됩니다."

"그렇게까지 말해 주니 고마울 따름이오."

"찾아야 할 물건은 의선총경이라 하였지요?"

"그렇소. 선조께서 기틀을 잡고 삼대에 걸쳐 완성시킨 것이 총경이오. 부끄럽게도 세상에는 의원들이 한 번 보기를 원하는 책자로서 명성이 높았지."

"루주님께 듣기로, 의선총경은 조금이라도 배운 사람이 보면 자칫 큰일을 치를 수 있다는 내용이 들었다고 해요."

"맞소."

"이미 어지간한 의학서적은 천하에 널리 퍼졌으니 이곳을 습격했던 무리들이 단순히 의선총경의 의술만 보고 왔다고는 생각하기 어렵군요. 필시 그 위험한 내용이라는 부분, 그 부분을 노리고 습격했다고 생각해요."

"우리도 그리 생각하고 있소. 그것이 아니면 설명되지가 않지."

"외인에게 알려서는 안 될 비밀스러움. 그 자체만으로도 위험도가 높은 내용. 삿된 무리들의 손에 떨어지면 큰 화를 입을 수 있는 것. 사마외도(邪魔外道)의 악한들이 노릴 정도라면 천하를 위진시키는 무공구결이거나 아니면……."

당선하의 눈에 지혜로움이 반짝인다.

"방문좌도의 술수가 아닐는지요?"

한회의 눈동자가 흔들렸다. 의뢰의 내용 몇 마디를 듣고 의선총경에 속한 내용을 유추하는 능력, 비범한 머리회전이었다.

말을 잇지 못했던 한회, 약간의 시간이 흐른 뒤 가볍게 한숨을 쉬고야 말았다.

"그렇소. 소저의 머리는 참으로 비상하군. 의선총경에는 사람의 인체를 두고 행할 수 있는, 천도(天道)를 거역하는 참람한 내용이 속해 있소."

"아버지!"

"괜찮다. 외인에게 알려져서는 안 될 내용이라 하

나, 그것은 내용의 문제일 뿐 드러난 사실까지 숨길
필요는 없다. 이미 누군가는 충분히 유추했을 수도
있는 사실이야. 의뢰를 하였으면 그에 상응하는 최대
한의 조치를 취해야만 하겠지."

한진희는 무척이나 복잡한 얼굴이다. 이런 것까지
굳이 말해 주어도 괜찮을까, 싶은 기색이었다.

당선하가 가볍게 손을 저었다.

"거기까지 말해 주실 필요는 없어요. 제가 흥분해
서 말이 많았군요. 저희의 일은 의선총경을 찾는 것,
그 이상도 이하도 아니니까요. 당시의 상황설명만 듣
는다면 그것으로 족해요. 괜한 심기를 끼쳐 드려 죄
송해요."

"아니오. 이왕 이리된 것, 솔직하게 말하리다. 그
것이 내 마음도 편하오."

"그렇게까지 말씀해 주신다면, 경청하겠어요."

사람의 성격을 읽고, 그 성격에 맞는 화술을 구사
하여 원하는 것을 끄집어내는 능력이다.

확실히 당선하는 똑똑한 구석이 있었다. 비단 머리
만 비상한 것이 아니라 상황에 맞는 언변까지 구사가
가능하다.

말로 사람의 공포심을 극대화시키는 강비와는 또 다른 기술.

강비도 그녀의 능구렁이 같은 화술에 조용히 감탄했다.

"의선총경은 삼대에 걸쳐 완성이 된 당대 의학서적의 정점이오. 내 제법 의술을 익혔다고 자부는 하지만 아직까지 의선총경에 수록된 내용 전반들을 전부 파악하지는 못했소. 그처럼 대단한 의경이나, 또한 거기에는 사람의 인체에 해서는 안 될 참혹한 비술(秘術)들 또한 적나라하게 열거가 되어 있지."

강비는 여전히 나른한 눈으로, 당선하는 한층 반짝이는 눈으로 한회의 입에 집중했다.

가볍게 차로 목을 축인 한회.

그가 마침내 입을 열었다.

"……강시제조술(彊屍製造術)이 그것이오."

모두의 표정이 굳어지는 건 순간이었다.

당선하의 얼굴에 살짝 불신의 빛이 떠올랐다.

"강시…… 라는 것이 실제로 만들 수 있는 것인가요?"

"그렇소, 그것만은 확실하오."

한회의 말은 단정적이었다.

강시.

죽은 사람의 시체를 두고서 온갖 비술과 약물로 이지를 상실한 괴물을 만드니, 그에 대한 이름을 강시라 한다.

약물처리가 된 육신은 도검에 상흔을 입지 않고 불에도 타지 않으니, 진정 괴물이라 불리기에 부족함이 없다.

한때 전설처럼 회자가 되었던 강시였다.

실제로 있는지 없는지조차 의문인 괴물. 사람이 만들어 낸, 가장 기괴하고 사악한 괴물이 바로 강시라 했다.

수십 년 전 강호에 초혼방(招魂房)이라는 사이한 방파가 있어, 강시를 불러냈다는 말이 있다.

거의 군대에 가까운 강시를 제조한 초혼방이 황실을 도모하려 했던 사건, 비사(秘事)라지만 도통 믿을 수가 없는 내용인지라 작금에 이르러서는 전설이나, 한낱 야사로 치부된 이야기다.

"오래전, 종조부님 때의 일이었소. 아직 의선문이 기틀을 잡지 못했을 적, 초혼방이 당시 강호의 세력

들로 인해 무너지고 살아남은 악도들이 도망을 치던 와중이오. 우연히 산에 약초를 캐던 종조부님께서 다 죽어 가는 악도를 만났소. 그 악도의 상처가 워낙 심각하여 살려 내지는 못했지만…… 그의 품 안에 있던 책자는 예사로운 물건이 아니었소. 바로 당시 강시를 만들었던 제조술, 바로 강시제조술이 적나라하게 적힌 책자였던 거요."

"그렇군요."

"종조부님께서는 그 서적을 보고 크게 놀랐고, 분노하셨소. 죽은 사람의 육신을 억지로 일으켜 전투병기로 만드는 것, 그것이야말로 역천(逆天)이 아니고 무엇이겠소? 사람으로 태어나 도무지 할 짓이 아닌 까닭에 종조부님께서는 바로 서적을 태워 버리려 하셨소. 하지만 그것은 단순히 그리 태울 만한 서적 또한 아니었소. 내용만 보자면 그 참혹함에 세상에서 사라졌어야 마땅한 것이나, 인체에 관한 놀라운 지식들이 곳곳에 숨어 있었기에, 잘만 활용한다면 당시 의술을 훨씬 발전시켜 보다 많은 환자들을 구원해 낼 수 있는 서적이기도 했소. 존재 자체가 마물(魔物)인 서적, 그러나 그러한 마물을 이용하여 증조부님께서는 보다 깊은 공부로 한층 넓은 의술을 전파해 병에 고통 받는 병자들을 치료하는 데에 힘쓰셨소."

우연치 않은 만남이었지만, 그것은 또한 우연이 아니다.

자칫 잘못 사용하면 세상에 해악을 끼칠 물건이었지만 선인의 손을 탄다면 세상을 살릴 신물이 된다.

의선문이 당대 최고의 의가(醫家)라 칭송을 받는 것은 바로 그런 이유에서였다.

"본래의 서적은 이미 태워 버려 세상에서 사라졌소. 하나 의선총경에 새겨진 내용은 아직 사라지지 않았지. 강시제조 또한 의술과 약학(藥學)을 바탕으로 한 것이었기에 후대에 지식을 물려주기 위해서 다소 고약한 내용이 의선총경에는 존재하오. 증조부님의 말씀만 본다면, 강시제조술 칠 할에 해당하는 내용이 들어 있으니, 그것으로 강시가 만들어지지는 않으나 혹여 의술이 신의 경지에 이른 자가 그것을 본다면 자칫 과거 초혼방이 일으켰던 참람한 사건이 또 한 번 터질 수 있다고 하셨소."

"그렇군요."

참으로 엄청난 이야기를 들어 버렸다.

의선총경에 대한 이야기, 그야말로 놀라움의 연속이었다. 과거의 비사와 의뢰를 청한 이유까지 하나하나 놀랍지 않은 것이 없다.

"그렇다면 의선문을 습격했던 의문의 무리들은 분명 의선총경의 강시제조술을 노리고……."

"그럴 거라 생각하오. 그것이 아니라면 설명할 수 없소."

"하면 그들은 의선총경에 강시제조술이 수록되어 있다는 것을 어떻게 알았을까요?"

그것이 바로 문제였다.

맥점을 짚는다.

거기서부터 제대로 된 이야기가 나와야 사건을 전체적으로 파악할 수 있는 것이다.

한회의 표정이 한층 더 어두워졌다.

"솔직히, 이것저것 생각은 많았지만 짐작이 가는 바가 없소. 그래서는 안 되었지만, 문내에 의원들까지 의심을 하게 될 지경에 이르렀소. 하나 아무리 생각해도 이들을 의심할 조금의 단초도 없었소. 답답할 따름이오. 어떻게 알고 들어섰는지, 심지어는 의선총경이 있는 위치는 어찌 알았는지 모두가 의문투성이요."

"혹시 따로 원한을 사셨거나 했던 일은 없으셨나요? 아, 오해는 하지 말아 주세요. 방문좌도의 악한 일 가능성이 크지만, 사람 간 이해관계 때문에도 벌어질 수 있다는 가능성을 열어 두려는 것뿐이니까요."

"소저의 말은 잘 알겠소. 하나 크게 생각나는 것은 없소. 물론 내 아무리 선대의 가르침대로 조심스레 살았다고는 하나, 나도 모르는 새에 남들에게 피해를 주었을 가능성도 배제하진 못하겠소."

결국 모른다는 이야기다.

당선하가 약간 답답한 한숨을 쉬는 가운데, 강비가 일어나며 말했다. 이 공간에서 소개를 한 이후 처음으로 입을 여는 그였다.

"혹 문내를 조금 돌아보아도 되겠소?"

"아, 그러시구려. 사람을 딸려 보내 드리겠소."

"거기까지는 필요 없소. 그저 가볍게 돌아보려는 것뿐이니까."

강비는 그 말을 끝으로 나가 버렸다.

갑작스러운 행동, 한회와 한진희는 물론 당선하조차 어리둥절한 모양이다. 그러나 곧이어 당선하의 눈에 조금 광채가 어렸다.

"실례해요. 워낙 예법에는 거리가 먼 사람이라. 실
례가 되지 않는다면 저도 같이 둘러보아도 될까요?"

"그러시구려."

*   *   *

쫓듯이 나온 당선하가 순식간에 강비의 옆에 섰다.

강비의 나른한 눈동자가 건물 곳곳을 둘렀고, 사람
들의 표정과 몸까지 살피고 있었다.

나른한 가운데에 예리함이 되살아난다. 진지하게
주변을 보고 있는 것이다.

당선하가 투덜댔다.

"당신은 너무 예의가 없어서 탈이에요."

"지금은 그게 중요한 게 아니야."

"사람 사는 데에 그것보다 중요한 게 또 어디 있어
요?"

"진짜 중요한 건 따로 있어. 너도 눈치챘겠지만."

당선하가 가만히 강비를 보다가 고개를 끄덕였다.

분명 그러했기 때문이다.

강비의 나직한 말이 그녀의 귀에 스며들었다.

"알고 있지? 지금 의선문주가 한 말, 사건이 일어난 것과 여러모로 삐걱거리는 부분이 많아."

"맞아요. 내가 아는 부분과 당신이 아는 부분, 서로 얘기나 해 볼까요?"

"좋지."

강비가 사람들을 둘러보며 재차 입을 열었다.

"몇 가지가 있긴 하지만…… 첫째로는 이곳 사람들 자체에 있어."

"이곳 사람들 자체라."

"문주는 직접적인 언급은 안 했지만 루주에게 들었다. 막강한 무공을 구사하며 살수(殺手)를 전개하는 데에 거리낌이 없고, 단번에 문주실까지 쳐들어가 의선총경을 빼앗았다고 하지. 그 수는 대략 오십여 명. 그사이에는 절정고수라 불리기에 손색이 없는 고수들도 있었다고 했어."

"저도 그리 들었어요."

"그게 이상한 거야."

당선하가 고개를 끄덕이며 동조했다.

"확실히 이상하죠. 이곳의 풍경과는."

"맞아. 사건이 터진지는 대략 한 달 정도 되었다고 들었어. 지금도 섬서 부근에서 쫓고 쫓기는 추격전이 반복됐다고 했지. 그런 일은 제쳐 두고서라도, 건물이나 사람들이 너무 깔끔해. 격전의 흔적도 찾아보기 힘들다. 그거야 환자들 때문에 빠르게 조치를 취했다고 한다면 별 수 없지만, 진짜 문제는 의원들에게 있어."

그의 눈이, 당선하의 그것처럼 묘한 광채를 발하기 시작했다.

"거리낌 없이 살수를 쓴다. 죽어 나간 사람도 있다고 했지. 한데 이들의 몸에서 풍기는 기질은, 아무리 시간이 지났대도 그냥 넘기기엔 지나치게 담백해. 짧게는 몇 년, 길게는 수십 년 동안 동고동락을 해 왔던 이들이 죽었는데 슬픔의 감정이라고는 찾아볼 수가 없군."

그랬다.

처음 의선문을 찾았을 때부터 뭔가 묘한 위화감을 느꼈던 강비였다.

정도를 걷는 의문, 가르침을 잘 받고 환자의 안정을 위해 보다 조용히 움직이며 선한 기질이 드러났을 뿐이라고 생각하면 그만이겠지만, 그것과는 또 다른 문제다.

분위기가 침잠하여 슬픔에 잠긴 것이 아니라 정말 아무 일도 없었다는 듯이 담백하기 짝이 없어, 이것이 도대체 진정 습격을 받은 단체인지 의심이 갈 정도다.

"그래, 그것까지는 또 그럴 수 있다고 치지. 하지만 저들의 몸과 드러난 기를 봐. 그토록 거리낌 없이 살수를 썼다면 이곳에 있는 자들이 다 죽어도 상관이 없다는 뜻이겠지. 그렇다면 분명 중상을 입은 사람들도 있었을 것이고, 결국엔 아직까지 상처가 낫지 않은 자들도 있어야 해. 아무리 의술이 뛰어난 곳이라해도 이 한 달이라는 시간 동안 모조리 다 회복할 수는 없는 거야. 그런데 지나가는 사람 면면을 보면, 근시일 내에 손가락 하나 다쳐 본 적은 있는지 의심이 가는군."

날카로운 눈썰미였다.

숱한 전쟁을 겪으며 생과 사의 경계를 몇 차례나 왔다 갔는지 모른다. 그런 강비의 눈에, 의술이 신의 경지에 이른 의선문이라 해도 멀쩡한 신색으로 돌아

다니는 의원들의 모습은 불가해(不可解)에 가까웠
다.

외상은 어떻게든 감출 수 있다지만 내상은 그리 쉽
사리 고쳐지는 것이 아니다. 설령 말도 안 되는 회복
력을 가졌다곤 해도, 몸에서 발산하는 기질은 조금이
라도 흔들려야 정상이다.

이들에게는 그것조차 없다.

너무나도 완벽한 의선문이다.

그것이 강비에게 위화감을 전해 준 원인이었다.

"두 번째는 뭐죠?"

"들리지가 않는 거야."

"들리지가 않다니요?"

"기감을 확장해 봐. 각 건물에는 환자들이 거하고
있어. 당연히 얻은 병도 다르고 다친 부위도 다를 거
야. 그렇다면 결국, 탁기(濁氣)가 솟아야 함이 마땅
하며, 호흡(呼吸)에도 문제가 있어야 해. 한데 들어
봐. 호흡들이 지나치게 단조롭지 않나? 마치 잠을 자
고 있는 사람처럼, 고요할 뿐이야."

거기까지는 당선하도 예측하지 못한 것 같았다.

이 의선문이라는 영역 전체의 기감과 호흡 소리를

듣는다니, 초점부터가 달랐다.

모든 환자들의 숨소리가 고르다.

당선하는 갑자기 온몸의 털이 곤두서는 것 같았다.

마치 의선문이라는 이곳이 세상과 동떨어진 미지의 공간으로 떨어져 버린 듯하다.

"마지막으로 세 번째. 이게 가장 중요하지."

강비의 눈에 강렬한 신광(神光)이 떠올랐다.

이제껏 볼 수 없었던 광채다.

그야말로 눈에서 불길이라도 뿜어져 나올 것 같은 기세.

"나보다 머리 좋은 네가, 자만심에 가까울 정도로 자신감이 넘치는 네가, 이리 고분고분하게 듣고만 있다는 것, 그것 자체가 이곳이 이상하다는 증거야."

"뭐라고요?"

퍼어억!

순간적으로 벌어진 일이었다.

바위처럼 단단한 주먹을 일자로 쭉 편 채, 수도(手刀)를 세워 그대로 휘두른다. 단 일 수에 불과했지만 드러난 결과는 참혹하기 그지없었다.

허공 높이 떠오른 목.

당선하의 목이 떨어졌다.

동행의 목을 수도로 날려 버린 강비다. 그럼에도 그의 얼굴에는 한 점의 망설임과 죄책감이 느껴지지 않았다.

더 신기한 일은 나중에 일어났다.

목이 날아간 당선하의 육신, 거의 뜯겨지다시피 한 목의 단면에서 한 방울의 피조차 나오지 않은 것이다.

설령 날카롭게 베였다고 해도 이것은 말이 안 되는 일이다.

"헛짓거리 그만하고 이만 나오지 그래. 장단 맞춰 주는 것도 힘들다. 장난은 이쯤하면 됐어."

"들켰나?"

강비의 눈이 떨어진 당선하의 목으로 향했다.

기겁할 일이다.

천천히 눈을 뜨고 입을 여는 당선하의 목, 이야기를 한 건 그 당선하의 얼굴이었다.

나른한 강비의 표정 속에, 한 줄기 흥미가 솟았다.

"재미있군. 이것이 환술(幻術)이라는 건가?"

강호, 무림에는 술법으로 사람의 눈을 속이고 경계

를 나누는 묘한 술수도 있다고 들었다.

진관호가 이에 대해서 얘기를 해 준 적이 있었는데, 신에 이른 술사(術士)가 아니어도 어지간한 술법은 무공을 익힌 무인들의 눈마저 가볍게 속일 수 있다고 들었다.

당선하의 목과 목 없는 육신이 가루처럼 휘날렸다.

동시에, 언제 나타났는지 도통 모를 한 사람이 그 자리에 서 있었다.

중원에서 찾아보기 힘든 묘한 의복. 펑퍼짐한 옷이 손과 발까지 전부 다 가리고 있다. 어딘지 모르게 창백한 얼굴, 상당히 차가운 인상의 중년인이 천천히 허공으로 떠오르며 뒷짐을 졌다.

신비한 광경이다.

사람이 허공을 난다.

무도(武道)가 극에 달하고 기(氣)의 수발이 자유자재이며 주변에 요동치는 외기(外氣)까지 자신의 의지대로 움직이는 지고의 경지에 든 자라면 기를 극한까지 운용해 허공답보(虛空踏步)를 할 수 있다고 하였다.

저 중년인이 행한 것이 그렇다면 허공답보인가?

그것은 아니었다.

이 영역 자체가, 신비로운 술법으로 만들어진 이계(異界)나 다름이 없다.

이러한 이계를 저 술사가 만들었다면 이 세계는 술사의 세계라 할 수 있을 터, 어떤 광경을 보여도 이상하지 않다.

"자네처럼 단시간에 이 환귀진(幻鬼陣)을 깼던 자는 본 적이 없어. 머리가 총명하지만, 이것은 단순히 지혜로 깬 것이 아니로군. 감으로 꿰찬 거야. 감으로 이 술법의 사문(死門)을 없애 버린 게지."

중년인의 차가운 얼굴 속에서 감출 수 없는 흥미로움이 완연하게 일어났다.

"언제부터 알았나? 이곳이 현실이 아닌 진법 속의 세상이라는걸."

"문주실을 나왔을 때부터. 그전에 위화감은 느꼈지만 뭔가 했지. 자연 만물이 발산하는 기(氣)가 통 자연스럽지 않았다."

"기감…… 기감으로 느낀 것이군. 하나 보통 기감으로는 알아채기가 불가능하지. 기질을 보니 구파의 인물은 아닌데, 누구에게 사사했나?"

"그따위 어설픈 물음은 그만하고 이리 내려와. 올려다보니 목이 다 아플 지경이야."

대답 한 번 가관이었다.

중년인의 얼굴에 미소가 드리워졌다.

"어쩐지, 자네와는 다시 한 번 볼 수 있을 것 같은 기분이 드는군."

"대화가 안 되는군."

"하지만 자네와 함께 있던 여인은 아무래도 무리인 것 같으이. 자네처럼 감이 좋아 보이지는 않는데, 무력으로 단박에 깨부술 것이 아니라면 단순한 지혜로 여기를 빠져나가긴 힘들지."

그때였다.

"무리할 것도 없죠."

강비의 등 뒤.

갑작스레 나타난 당선하였다.

강비는 놀라지 않았다.

정작 놀란 사람은 중년인인 듯, 표정이 삽시간에 굳어졌다.

"어떻게……?"

"당신이 말했잖아요. 무력으로 깨부술 것이 아니라면 지혜로 여길 빠져나가기 힘들 거라고."

"분명 그리 말했⋯⋯."

이제는 경악이다.

중년인의 얼굴에 놀라움이 드러났다.

차가운 인상에 어찌 그런 다양한 감정이 새겨질 수 있는지 보는 사람이 되레 놀랄 지경이다.

"환귀진을 힘으로 부쉈다는 건가?"

"조금 힘들긴 했지만."

당선하가 손목이 아프다는 듯 빙빙 돌렸다.

누가 보아도 연약한 여인의 모습, 그러나 강비는 그녀의 외양에 속지 않았다.

머리로도 무력으로도.

그녀는 이미 그 나이 대에서는 보일 수 없는 경지에 다다른 사람이었다.

"믿을 수가 없군."

"믿어. 이쪽 업계에서 월급을 제일 많이 받는 사람이야."

나른한 강비의 말투.

어쩐지 웃음이 나올 것 같다.

실제로 중년인의 입가에는 고소(苦笑)가 잔뜩 지어졌다.

"대단한 사람들이었군. 암천루라…… 어떤 방파인지 궁금하기 짝이 없는걸. 이처럼 뛰어난 용봉(龍鳳)들이 모여 있다니, 한 번 들쑤셔 볼 필요가 있겠어."

"이미 쑤실 만큼 쑤셨잖아."

중년인의 웃음이 고소에서 밝은 웃음으로 바뀌었다.

"나중에 보았을 때는 조금 더 밝은 환대를 약속하지. 구파의 떨거지들이 걸릴 줄 알았거늘 이건 내 실책이라고밖에 설명할 수 없겠어."

그 말을 끝으로 천천히 사라지는 중년인이다.

마치 하늘 저 높은 곳으로 솟아 가듯, 기척도 없이 스러진다.

다시 봐도 놀라운 광경, 무공에만 열중했던 강비의 눈에 난생처음 본 환술의 힘은 대단히 매혹적이었다.

중년인이 사라짐과 동시에 주변 풍경도 살짝 일그러졌다.

어느새 의선문의 바깥쪽에 서 있는 두 사람이었
다.

"우린 아직 들어서지도 않았군요."

그렇다.

두 사람이 의선문까지 함께 왔다는 건 의심할 여지
가 없는 사실이되, 문을 두드리는 순간 둘은 환술의
경계에 빠졌다.

언제, 어떻게, 어떤 방법으로 빠진 건지 알 수가
없었다.

"보통 사람은 아니더군."

"오죽하겠어요. 환귀진이라면 어지간한 술사가 아
니면 제대로 발동조차 못하는 상위의 진법이에요. 이
시점에서 술가(術家)의 외인(外人)을 보다니, 어쩐지
평탄한 의뢰가 될 것 같지는 않네요."

"일단 들어가지."

천천히 문을 두드리고, 저 멀리서 누군가의 목소리
가 들렸다.

신비한 경험을 한 두 사람, 마침내 진짜 의선문으
로 들어서는 순간이었다.

"그런데 당신의 사문(死門)은 뭐였어요? 내 경우

에는 의선문주를 죽이는 거였는데. 일단 닥치고 다
때려 부수긴 했지만."

"네 목."

당선하의 얼굴이 있는 대로 찌그러졌다.

4.
추적(追跡)

놀랍게도 의선문주와 한진희 둘과의 대면은 환귀진이라는 진법 안에서 겪은 것과 다를 바가 없었다.

다만 다른 점이라면, 의선문 안의 건물이 상당히 피폐하다는 것과 의원들의 안색이 다소 창백하다는 것.

곳곳에서 신음하는 환자들의 소리도 들렸다.

진짜 의선문의 광경은 이와 같았다.

강비가 예측했던 것처럼, 이것이 바로 습격을 당한 문파의 모습이다.

당선하도 진법 속에서 비슷한 광경을 보았던 듯,

주위를 둘러보며 고개를 끄덕이곤 했다.

*　　　　*　　　　*

"그럼, 저희는 먼저 출발하겠습니다."

"그러도록 하시오. 부디 무운을 빌겠소."

"걱정하지 마세요. 반드시 의선총경을 찾아와 드릴 테니."

의선문주 한회의 응원 같은 미소를 뒤로 한 채 둘은 의선문을 나섰다.

하지만 이런 사태까지는 둘도 예상하지 못했으니.

어느새 행장까지 전부 꾸리고 따라온 한진희였다.

이전 의원의 자태는 온데간데없고, 복장이며 짐이 그야말로 강호에 출두하는 여협(女俠)의 모습 그대로였다.

강비가 당선하를 보며 물었다.

"이게 무슨 상황인지 설명 좀 부탁해도 되겠어?"

"나도 몰라요."

둘의 시선을 받은 한진희가 조용한 어조로 말했다.

어조만 조용했을 뿐이지 그야말로 당차기 그지없는

내용이었다.

"아버님은 당신들을 믿지만, 저는 아직 완전히 신뢰할 수 없어요. 혹여 의선총경을 찾았을 때 자칫 잘못된 판단으로 일을 그르칠 수도 있다는 생각이 들었어요. 그래서 제 스스로 감시자 겸, 동업자 역으로 나선 거예요."

불신한다는 소리를 면전에 두고 워낙 당차게 말하니, 기가 차지도 않았다.

어안이 벙벙한 둘 사이로 한진희가 빠져나왔다.

"가죠. 섬서 맞죠?"

       *   *   *

"참으로 어렵구나."

나직한 탄식 소리.

모닥불을 피워 놓고 앞에 앉은 세 사람 중 가장 나이가 많은 듯한 청년의 목소리였다.

가장 나이가 많다고 하나, 기껏해야 서른이나 되었을 법한 젊은이였다.

몸에 걸친 푸른 도복이 그렇게 잘 어울릴 수가 없

었는데 허리춤에 찬 한 자루의 매화문양 검처럼, 부드러운 가운데 정련된 기세가 예사롭지 않았다.

모닥불이 앞에 있다곤 해도 지나치게 추워 보이는 옷가짐이다.

그러나, 이곳에 있는 누구도 추위를 느끼지 않았다.

당대 화산파의 자랑이라는 매화검수(梅花劍手).

천하에 산재한 수많은 후기지수들 중에서도 정점에 있는 자들이라 할 만한 인재들이었다.

이토록 어린 나이, 이미 일가를 이룬 검예(劍藝)를 뽐내는 이들.

옥청(玉靑)의 말에 맞은편에 앉은 또 다른 매화검수, 옥하(玉河)가 입을 열었다.

"아직 산에서 내려온 지 얼마 되지 않았으니, 너무 무겁게 생각하진 않았으면 합니다. 개방에서도 협력을 한다 들었습니다. 곧 꼬리를 잡을 수 있겠지요."

재치가 돋보이면서도 차분한 기색이 놀라운 옥하였다. 옥청이 멋쩍은 듯 웃었다.

"사형이 되어서 못난 꼴을 보였다."

"아닙니다. 사실 저도 답답하긴 매한가지거든요."

답답하다.

옥청은 진정으로 답답했다.

산을 내려온 지 벌써 열흘째.

섬서에서 쫓고 쫓기는 추격전이 벌어지고 있다는 것은 알고 있었지만 그 정확한 위치를 파악하기 힘들었다.

수시로 보고가 들어오며, 지부를 통해 정보를 듣기는 하나 그 자리에 도달하면 이미 격전의 흔적을 제외하곤 아무것도 얻을 것이 없었다.

강호 경험이 뛰어난 매화검수들, 격전의 흔적을 보며 쫓고 있는 와중이지만 도통 꼬리를 잡을 수가 없다.

정보력의 부재다.

화산파, 드높은 검학으로 천하에 명성이 자자한 명문검파였지만 정보력이 뛰어나다고 보긴 어려웠다. 그나마 섬서, 그들의 앞마당인지라 여기까지 추적을 했으니 다행이랄까.

만약 의선총경을 든 악도들이 섬서를 벗어나기만 한다면 앞으로의 추격은 더욱더 어려워질 것이다.

'그렇게 되면 안 되지.'

옥청의 눈에 희미한 불빛이 어렸다.

화산파, 천하제일을 넘보는 검문.

그런 검문에서 최고의 후기지수라 불리는 이들이 매화검수다.

매화검수가 되어 앞마당에서 벌어지는 추격전조차 제대로 쫓지 못한다면 이 무슨 추태인가. 천하가 비웃을 일이다.

명예, 자존심을 위해서라도 반드시 잡아야만 한다.

산중 야밤, 옥청과 옥하가 두런두런 이야기를 나누는 가운데.

고요하게 모닥불을 쳐다보는 옥인(玉寅)의 눈동자는 서늘하기만 했다.

'하루, 하루다.'

반 시진 전 격전의 현장을 보고 생각에 빠진 옥인이었다.

부러지고 박살이 난 나무들. 바닥에 떨어진 핏자국. 경력의 여파로 인해 으스러진 돌멩이.

그 모든 것을 파악하건데 격전이 일어난 지는 하루도 채 되지 않았다.

그럼에도 모두 흔적을 지워 가며 사라져 버렸다.

이것은 정보력의 문제가 아니라 도주하는 이들의 능력이 그만큼 대단하다는 걸 의미한다.

이처럼 흔적을 지우는 수법이 고절한 이들을, 옥인은 본 적이 없었다. 물론 천하에 산재한 인재들을 다 보지 못한 옥인이었지만, 그런 수법들이 보통 수법이 아니라는 것은 확신할 수 있었다.

추적자를 따돌리기 위해 전문적으로 배운 이들이, 무수한 경험까지 업은 격이다.

'보통 놈들이 아니야.'

삿된 무리라 할지언정 지닌 능력이 두렵다.

검만 휘두를 줄 아는 어설픈 무인들이 아니다. 악한이라 하나, 백전의 경험이 있는 이들이 분명하다.

체력을 비축하기 위해 잠깐의 휴식을 하고는 있지만 옥인의 머리는 항상 그들의 행동과 실력 등을 유추해 내고 있었다.

미처 다 지워지지 않은 흔적을 보고 그들의 실력을 꿰뚫는다.

'흩어진 나뭇가지, 예리한 상흔. 검이라고 생각했지만…… 틀렸어. 도(刀)를 쓰는 놈들이다. 게다가 강해. 정심함은 떨어지지만 살기가 짙은 무공 쓰는

작자들.'

옥인의 눈이 이번에는 옥청과 옥하를 향했다.

자신의 사형과 사제다.

'둘 모두, 당해 내지 못할 거다.'

예감을 넘어선 확신이다.

사형인 옥청과 사제인 옥하.

둘의 실력이라면 매화검수들 중에서도 가히 발군인
지라 차기 화산의 기둥으로 기대를 받고 있지만, 옥
인은 부족하다고 여긴다.

두 사람의 무력 역시 대단하지만 상대는 수단과 방
법 따위는 아예 가리지 않고 덤벼드는 살검(殺劍)의
무리들인 것이다.

정심한 무공, 수준 높은 검도로 버틴다 한들 목숨
을 장담할 수 있을지.

'어떻게 해서든 내가……'

옥청과 옥하는 모른다.

둘만이 아니라 화산에 거한 어른들도 모른다.

옥인, 자신의 수준을.

오로지 스승만이 알아준 무력, 그러나 동시에 숨길
수밖에 없었던 무력이다. 하나 이리 목숨이 달린 일

이라면 어쩔 수 없이 드러내야만 하는 것도 현실이다.

끝까지 무력을 숨기다가 사형제의 목숨이 스러진다면, 그 슬픔을 어찌 견딜까.

그렇게 복잡한 상념으로 접어들었을 때였다.

순간 옥인의 눈동자가 작은 광채를 발한다.

'무인?'

저 멀리서 다가오는 이들이 있었다.

둘인지 셋인지 구분이 되질 않는다.

발걸음만 보자면 분명 셋인데 두 사람의 기도는 잔잔하게 느껴짐에도 다른 한 사람의 기도는, 있는지 없는지조차 모르겠다.

나무와 나무들 사이, 가려진 시야 때문에 아직까지 보이진 않고 있지만 분명 둘 이상의 무리가 오고 있었다.

옥청과 옥하도 알아차렸는지 안색을 굳힌다.

"누구지?"

"모르겠습니다. 느껴지는 기도가 상당한데요."

"상당한 수준이 아니야. 이 정도면 대단하다. 혹 삿된 무리가 아닐는지."

옥인이 말을 끊었다.

"그건 아닐 겁니다."

두 사람의 눈이 옥인에게 향했다.

"기도가 청명해요. 이들은 하루 전에도 상당량의 피를 보았던 작자들입니다. 다가오고 있는 저들에게서는 음습한 살기가 없습니다."

맞는 말이다.

옥청 역시 고개를 끄덕이며 동의했다.

"확실히 옥인 사제의 말이 맞아. 그렇다면 구파의 제자일까?"

하지만 이번 생각도 틀렸다.

숨길 것도 없다는 듯이 다가오는 세 명의 사람들이 있었다.

탄탄한 몸과 큰 키, 더불어 어깨에는 장창 한 자루를 기댄 채 걷는 사내 한 명.

그리고 지혜와 자애로움이 각자의 특성인 듯, 놀라운 미모를 자랑하는 두 명의 여인이었다.

의선문을 나섰던 강비와 당선하, 그리고 한진희였다.

*   *   *

"의선문의 소문주를 이런 곳에서 뵙게 될 줄이야 생각지도 못했습니다."

"저희도요. 고절한 이름의 매화검수, 그것도 화산 장문인의 직전제자이신 세 분의 도우(道友)들을 볼 줄은 몰랐어요."

옥청과 옥하, 그리고 옥인.

세 명은 매화검수가 될 수 있는 출중한 재능과 그에 못지않은 노력을 했지만, 거기에 일대의 거인, 화산 장문인이라는 초절한 고수의 가르침이 있었기에 지금 이 위치까지 도달할 수 있었다.

대사형 격인 옥청이 무안한 표정을 지었다.

"아직까지 저들의 정체조차 파악하지 못한 것, 실로 부끄럽기 짝이 없습니다. 최대한 노력은 하고 있으니 너무 걱정은 하지 마시길."

"아니에요. 저희를 위해 이리 발 벗고 도와주시는데 그것만으로도 감사할 따름이지요."

제법 훈훈한 대화였다.

옥청은 대사형으로서 어울리는 품격과 성정을 지닌 사람이었고, 한진희 역시, 일문의 작은 주인으로 예와 법도를 아는 사람이었다.

두 사람의 대화는 비록 딱딱한 면이 없진 않았지만 그 자체만으로도 분위기를 쇄신해 주는 역할을 했다.

"한데 함께 오신 일행 분들은 누구신지?"

"아, 이분들이요? 이분들은……."

막상 소개를 하려 하니 난감하다.

암천루라는 조직은 세상에 알려지지 않은 조직이라 했는데, 여기서 해결사들이라고 말하는 것도 여러모로 이상하지 않겠는가.

당선하가 나선 것도 그때였다.

"저희는 소문주와 함께 행동하는 조력자들이에요 실례가 되는 줄 알지만, 이름을 밝힐 수가 없는 상황이니 양해를 부탁드려요. 저는 당 씨 성을 씁니다."

부드러우면서 확고한 말투다.

옥청이 빙그레 웃었다.

"이해합니다."

정련된 기도가 놀랍지만 부드러움도 갖춘 이였다.

사심 없는 미소, 대협의 기도가 묻어 나오는 사람이다. 과연 화산 차기 장문인으로 꼽히는 인재로서 손색이 없었다.

강비 역시 가볍게 목례를 하는 수준으로 끝이 났다. 누가 보아도 예가 있다 보기 어려웠지만 상황이 상황인지라 책잡힐 일은 없었다.

그렇게 묘한 동행이 시작되는 와중.

옥인의 시선이 강비에게서 떨어질 줄을 몰랐다.

'엄청나구나.'

놀랍기 짝이 없다.

옥인은 진정으로 놀랐다.

멀리 있을 때는 존재나 하는지조차 몰랐었는데 막상 눈앞에서 대하니 숨기고 있는 힘의 깊이가 어마어마하다.

끝을 알 수 없는 공력은 둘째 치고, 나른한 가운데에 신광이 엿보이는 눈동자는 비범함의 극치였다.

'어디서 이런 자가?!'

옥인, 화산파 매화검수의 신분으로 일찍이 본 바가 없는 독특한 상대의 기도에 속으로 감탄을 연발했다.

나이 차이도 자신과 얼마 나지 않는 듯한데 이처럼 강하다니. 역시나 세상은 넓다는 생각이 들었다.

옥인이 그런 생각을 가졌다면, 강비 역시 같았다.

'대단한 검기(劍氣)를 숨기고 있다.'

보아하니 한진희와 이야기를 나누는 사람이 대사형인 듯한데, 정작 무공의 깊이는 눈앞의 청년이 훨씬 깊었다.

이미 후기지수라는 네 글자가 민망할 정도의 무력이다. 막강한 무(武), 철벽의 위용을 자랑하는 무공인 듯하다.

'한데 이상하군.'

뭔가, 괴이한 힘이 느껴졌다.

옥청과 옥하라는 이 두 사람과 비슷하면서도 확연하게 다른 힘.

비슷하다 뿐이지 근본을 파 보자면 아예 다른 무공이라 해도 과언이 아니었다.

강비는 스승에게 들었다.

십 년도 더 전에 들었지만 아직까지도 확실하게 기억한다.

"화산(華山)의 무학은 정교함과 세심함이다. 교검(巧劍)이라 하지. 빠르고도 정대한 검결을 구사하는 가운데 화려함과 세련된 힘이 더해지니, 천하검문의 수좌를 넘볼 만하다."

다른 누구도 아닌, 천하의 모든 무학의 이치를 꿰뚫었다고 자부하는 스승의 말이다.

사문이라서가 아니라, 객관적인 시선으로 보았을 때 화산의 무공은 천하 정점을 넘보기에 부족함이 없다는 것이다.

하지만 이 옥인은 다르다.

'화산 무공이면서, 화산 무공이 아닌데.'

화산의 힘을 둘렀지만 그 속에 깃든 것은 언제라도 대지를 박차고 세상을 향해 포효하려는 맹수의 울부짖음이다.

'어쨌든 기분이 묘하군.'

만날 수도 있으리라 생각은 했지만, 이리도 빠르게 조우할 줄은 몰랐다. 다른 누구도 아닌 화산검문의 사람들, 스승의 사문이었던 곳의 검수들이다.

강비의 나른한 눈동자 속에 복잡한 빛이 감돌았다.

'사부님.'

부드러운 가운데 엄격한 성정으로 자신을 채찍질해 주던 분이다.

군사부일체(君師父一體)라, 군과 스승과 아버지는

하나라 했으니 화산파는 강비에게 있어서 친가라고도
할 수 있을지 모르겠다.

강비가 복잡한 상념에 빠진 와중에도 남은 일행들
은 담담한 이야기를 계속해 나갔다.

"현재 추적 방향은 북서쪽입니다. 방향을 잡고 나
아간다면 미리 도달하여 퇴로를 봉쇄할 수 있을 것
같은데, 움직임이 중구난방이라 그마저도 어렵게 되
고 말았지요."

"대략적인 인원수는 오십여 명으로 생각하는데 방
수가 있어 뒤처리를 해 준다는 가능성 역시 무시할
수 없습니다."

"어찌 되었든 사방을 틀어막고 있는 추세입니다.
저 멀리 북쪽을 제외하고는 어디로든 빠져나가지 못
할 것입니다. 이제는 파고들어야 할 때입니다."

비록 아직까지 꼬리를 잡지 못했다지만 확실히 매
화검수의 추적 능력은 무시할 수 없는 것이었다. 거
기에 오차가 거의 없는 정보들까지 입수하니, 내용만
듣자면 하루이틀 내에 잡을 수도 있겠구나 싶었다.

그러나 그들의 대화는 한 여인이 입을 연 이후 멈
추어야만 했다.

"방향을 잘못 잡았어요."

"그게 무슨?"

당선하의 눈에 신비로운 광채가 어린다.

"북서 방향이 아니라 북동 방향이에요."

"북동 방향 말이오?"

"그래요."

"어찌 그리 생각하시오?"

"흔적이 보이니까요."

흔적이 보인다?

매화검수들은 물론 한진희마저도 어리둥절한 기색이었다.

"저들에게 방수가 있다는 의견에는 저도 동의해요. 그 방수들이야말로 북서 방향으로 가서 이목을 흐린 것이죠. 진짜는 북동으로 갔어요. 정확하게 말하자면, 두 길로 나뉘어 북서 방향으로 간 자들에게는 의선총경이 없고, 북동 방향으로 간 자들에게 의선총경이 있죠."

그녀의 말은 확정적이었다.

옥청이 안색을 굳혔다.

"어떤 연유로 그와 같은 생각을 가지게 되었는지,

자세히 설명해 줄 수 있겠소?"

"아시겠지만 저들은 추적에 관한 전문가들이에요. 추적에 전문이라면, 흔적을 지우는 데에도 전문이죠. 적이 어떻게 파고들지 예측이 가능하단 뜻이에요. 아무리 구파일방의 정보력과 무력이 대단하다 할지라도, 이곳에 모인 무인들 전부가 일치단결을 보일 만큼 만만한 조직이었다면 의선문에서 이곳까지 도주가 가능했을지 의문이네요."

틀린 말은 아니었다.

"더군다나 저쪽에서는 북서 방향에 보란 듯이 흔적을 남겼어요. 미세하고도 미약한, 흔적이랄 것도 없는 흔적. 하지만 그것이 도주 방향을 잡는 결정적인 단서라고 사람들은 생각하겠죠. 하지만 진짜는 따로 있어요. 진짜는 북동쪽이죠."

"그러니까 나는 그런 생각을 하게 된 근본적인 이유를 소저에게 묻고 있는 거요."

"핏자국이요."

"핏자국?"

"우리 보다도 더 급한 게 저쪽이에요. 북서 방향으로 간 자들에게선 핏자국이 간간히 보였어요. 급하게 움직여서 상처가 터졌을 가능성도 무시하지 못하지만, 그런 것도 제대로 지우지 못한 자들이 이제껏 잡히지 않았다? 어불성설이죠. 반대로 북동 방향으로 이동한 이들에게서는 아주 미약한 핏자국조차 보이지 않았어요. 다만 너무나 희미해서, 제대로 보지 않으면 고수조차 파악할 수 없는 족적(足跡)이 남아 있죠."

족적이 남았다니.

이건 금시초문이다.

세 명의 매화검수들, 어리둥절한 표정을 지을 수밖에 없었다.

"북동으로 도주한 자들의 숫자는 극소수, 세 명 정도로 예상 가능해요. 그것도 무력보다는 경공에 특화가 된 자들이죠. 물론 그들 중 한 명의 무력은 실로 대단하여, 구파의 고수들이라 할지라도 애를 먹을 만한 실력이라고 추측이 갑니다."

"어떻게 그런 것까지⋯⋯?"

"셋의 족적은 극히 희미했지만 차이가 있어요. 나머지 둘의 족적은 희미할지언정 보폭이 다른 한 명보다 좁았죠. 하지만 나머지 한 명의 보폭은 어마어마하게 넓어요. 그만큼 정심한 무공을 익혔고, 더불어 내력의 경지가 깊다는 의미지요."

찬탄이 절로 나올 만한 눈썰미였다.

어지간한 고수조차 넘길 법한 족적을 찾아내고, 그러한 족적을 토대로 인원수와 고수의 유무까지 파악해 내는 능력.

이 또한 신기(神技)라 할 수 있었다.

"잠깐 휴식을 취하고, 저희는 북동 방향으로 갈 생각이에요. 이왕 이렇게 된 것 함께 움직이는 게 좋다고 생각하지만, 여의치 않는다면 지금까지처럼 따로 움직이는 것도 나쁘진 않겠지요."

어느새 대화의 주도권은 당선하에게 넘어가 버렸다.

워낙 당당하게 말하니 직접 눈으로 보지 못했어도 믿음이 가게 만들었다.

흔들림이 없는 당선하의 눈, 그러한 눈을 쳐다보는 세 매화검수들은 약간의 혼란에 휩싸였다.

"소저의 말이 사실이라면, 분명 지금부터는 추적의 방향을 달리 잡아야겠군."

"아마 개방 정도의 정보대대라면 지금쯤 알아채고

각 문파의 고수들에게 정보를 조달하고 있을 거예요."

개방까지 걸고 넘어갔다. 함부로 하는 말은 아니라는 뜻이다.

옥청이 고개를 끄덕였다.

"일단 우리는 우리대로 움직이겠소. 하던 대로 하는 일, 그것이 최선인 듯싶소."

아무리 사리에 맞는 말을 한다 해도 오늘 처음 본 사람이 한 말이다.

물론 당선하의 말에는 확신이 있었지만, 화산, 일문의 추적조로 나선 매화검수의 이름은 어느 한 명의 말에 휘둘릴 정도로 가볍지 않았다. 가능성이라는 것을 무시할 순 없는 것이다.

당선하도 예상했다는 듯 살짝 웃었다.

"그럼, 저희는 먼저 가 보도록 할게요. 무운을 빌겠어요."

"부디 몸조심하시길."

그렇게, 짧았던 만남은 다시 헤어짐으로 이어졌다.

그러나 그들의 인연은 단순히 거기서 끝날 정도로 녹록한 것이 아니었다.

당장 추적에 집중하는 당선하는 몰랐지만, 강비는 왠지 모르게 시선을 끄는 옥인을 보며, 조만간 다시 만날 수도 있겠다는 묘한 예감을 느꼈다.

그것은 옥인도 마찬가지인 듯 먼저 떠난 강비의 등에서 눈이 떨어지지 않았다.

＊　　　　＊　　　　＊

한진희는 둘과 다니면서 상당히 많이 놀라야 했다.

그녀가 본 둘은 신기한 사람들이었다.

무공의 강함은 둘째였다.

행동 하나, 말투 하나부터가 일반 무인들과는 뭔가가 달랐다. 말하자면, 명문에서 나고 자란 그녀에게 있어서 보지 못했던 부분들을 적나라하게 보여 주고 있던 것이다.

"저기, 저기 좀 봐요. 내 예상대로라면 저기쯤에 흔적이 하나 더 있을 텐데요."

"음…… 미세하지만 나뭇가지가 꺾였어. 높이는 사척 반 정도. 대어를 낚았군."

"확실히 맞네요. 팔에라도 스쳤던 걸까요?"

"저 정도 위치라면, 네 생각이 맞을 거다."

"산짐승의 흔적은 아니겠죠?"

"말도 안 되는 소리라는 거 누구보다 잘 알 거 아냐."

"혹시나 해서요. 그렇다면 왜 흔적을 남겼느냐가 문제겠죠."

"일부러 남긴 건 아니지만, 그렇다고 조작할 시간에 도주하지 않는 건 더 멍청한 짓이라고 판단했겠지."

"내 생각도 그래요. 어느 정도 멀리 떨어졌다고 생각했는지 제법 여유가 묻어 나오는 흔적들이 많은 걸요?"

이해할 수 없는 말들이었다.

한진희가 보았을 때, 도통 어디에 어떤 흔적들이 있는지 알 수가 없었던 것이다.

물론 그들이 하는 말은 사실이었다.

자세하게 보면 나뭇가지가 부러진 곳도 있었고, 땅이 살짝 파인 곳도 있었다.

하지만 그러한 흔적들이야 세상 천지에 없을 곳이 없는 것이다. 한데도 둘은 확신을 하고서 추적하고 있었다.

도대체 뭐하는 짓이냐며 물어보고도 싶었지만, 기척조차 죽인 채 진지한 얼굴로 나아가는 둘을 보니 그마저도 못할 짓 같아서 입을 꾹 다물고 있었다.

어쨌든 아버지가 믿는 자들이었고 실제 적을 만나진 않았지만 드러난 무공이나 범상치 않은 언행을 살펴보면, 확실히 그냥저냥 볼 수 있는 사람들은 아닌 것 같았다.

숨을 죽인 채 이동하기를 한참.

마침내 새벽 동이 터 오를 쯤, 당선하가 얼굴을 굳힌 채 멈추었다.

"무슨 일이야?"

"냄새."

"뭐?"

"냄새가 나요."

한진희는 둘 몰래 코를 킁킁거려 보았다.

아무리 집중해도 딱히 어떤 냄새가 느껴지진 않는다.

기분 좋은 산세의 냄새, 이슬이 서려 영롱함마저 묻어 나오는 맑은 새벽 산의 냄새만이 사방 가득 풍겨 오고 있었다. 오랜 추적 동안 거의 말을 하지 않은 한진희도 기어코 궁금증을 참지 못했다.

"무슨 냄새가 난다는 거죠?"

"피냄새와 약향(藥香)이요."

"피냄새? 약향?"

"미약하게 남은 냄새죠. 피냄새는 조금 진하네요. 아마 이 자리에서 떠난 지 이각이 조금 넘었을 거예요. 아주 희미하지만…… 빨리 쫓아오긴 했군요. 아마도 체력을 비축하려는 모양이에요."

기가 찰 일이다.

이각도 전에 사람이 왔다는 걸 냄새만으로 파악이 가능하다니, 이게 사람이 가질 수 있는 후각인가 싶다.

한진희의 믿을 수 없는 시선이 당선하에게 쏟아졌지만 강비는 가만히 고개를 끄덕였다.

"족적으로 봤을 때, 둘은 상당히 지쳤어. 다른 한 명은 아직 멀쩡하군."

"그 둘의 체력과 상처를 위해서 잠시 쉬었다고 할 수 있겠군요. 아마 반 시진 정도 휴식을 취했을 거예요. 이 정도로 피냄새가 짙기는 쉽지 않거든요. 어쨌든 이제부터 긴장 좀 해야겠어요. 거의 다 따라잡았네요."

어쩐지 현실성이 없는 말이라고 생각하며, 한진희는 냄새 맡기를 완전히 포기했다.

족적이라는 것도 어디에서나 있을 법한 미세한 자국인데, 실상 보면 족적이랄 것도 없었다.

워낙 어이가 없어서 그녀는 혹시 이 두 사람이 자신을 놀리기 위해 각고의 계획을 짜고 일을 벌이고 있는 건 아닌지 의구심마저 들었다.

많은 시간을 함께한 것은 아니지만 일정 교류를 하며 충분히 정이 들 수 있는 시간이기도 했다.

그러나 아직까지 한진희는 둘과 자신 사이에 벽을 느꼈다.

당선하가 간혹 말을 걸어 왔지만 한진희 역시 그리 말이 많은 편은 아니고, 그들을 구경하기에 바빴기 때문이다. 심지어 강비란 작자는 의선문에서 이곳까지 올 동안 두어 마디 한 게 전부였다.

게다가 그녀는, 이 둘에게 뭔가 모를 이질감을 느꼈다.

그것은 야인(野人)의 냄새였다.

산전수전, 겪지 않은 경험이 없는 거친 황야의 냄새.

명문에서 나고 자라, 명문의 무공을 배우고 최고의 의술을 배워 가며 활인(活人)에 목적을 둔 그녀와는 너무나도 다른 길을 걸어온 이들이다.

하물며 성격 역시 활달한 쪽은 아니었으니, 당연히 삐걱댈 수밖에 없는 관계다.

'힘들다.'

추적하기를 한참.

한진희는 점점 자신이 지쳐 가는 걸 느꼈다.

나이답지 않은 심후한 공력을 가졌지만, 이런 추적에 관한 문제는 단순한 육체의 강건함과는 다른 문제를 동반한다.

바로 정신적인 피로, 심력 소모가 크다는 것이다.

뭐가 뭔지 아무것도 모르는 상태에서 따라가고는 있지만, 앞서 가는 두 사람에 의해 긴장할 수밖에 없었던 한진희다.

그것이 무려 세 시진에 가깝다.

의술과 무공을 익혀 가며 얻은 인내심이 있다 하더라도 한진희로서는 지칠 수밖에 없는 것이다.

그렇게 강비와 당선하가 적들에게 거의 근접했다고 생각할 시점에서.

조심스레 경공을 펼치던 그녀가 기어이 바닥에 돌멩이 하나를 건드리고야 말았다.

집중력의 저하였다.

딱!

튕겨나간 돌멩이가 나무에 맞고 외길로 떨어졌다.

순간 정적이 인다.

한진희는 본능적으로 알았다.

자신이 실수했음을.

그런 것이 아니더라도, 갑작스레 멈추어 선 강비와 당선하를 보면 누구라도 그리 생각할 것이다.

너무나도 짧은 정적이었지만 마치 억겁이라는 시간이 지난 듯도 하다.

일렁이는 산세, 흐르는 이슬이 아릿한 한풍을 맞아 은은한 떨림을 보이고 있었다.

한진희의 하얀 목덜미 위로 한 줄기 식은땀이 흘러내렸다.

파바박!

저 멀리서 들리는 급박한 소리.

"제길!"

한 차례 욕설을 내뱉은 강비, 셋은 누가 먼저랄 것도 없이 극한으로 신법을 펼쳤다.

기척을 지우고 말 것도 없다.

저쪽은 이미 추적자가 턱밑까지 파고들었음을 알아챘다.

이 와중에 기척을 지우며 도주하는 것은 바보짓이다.

의문의 셋을 쫓는 추적조 셋이었다.

당선하가 눈을 꿈틀거렸다.

"갈라져요!"

앞에서 이는 인기척들.

그야말로 무시무시한 속도로 달려 나가던 세 개의 인기척이 각기 세 방향으로 나뉜다.

좌측과 우측, 그리고 중앙이다.

강비의 경공이 불을 뿜었다.

파아아앙!

바닥을 박차고 날아오르는 강비.

폭발적인 신법, 무시무시한 탄력이었다.

일순간에 두 여인을 제치고 벼락처럼 앞질러 가는

모습은 속도의 신이 강림했다 해도 과언이 아니었다.

"내가 우측이야! 각자 좌측과 중앙을 쫓아!"

한순간 시야에서 사라진 강비.

당선하가 좌측으로 몸을 틀었다.

"소문주! 소문주가 중앙으로 도주한 자를 잡아요!"

그 말만 남겨 두고 또다시 사라진 한 사람이다.

한진희 역시 급박하게 경공을 펼쳤다.

자신이 아니었다면 보다 쉽게 접근할 수도 있었을 터, 그녀는 본인의 실수를 자책하고 있는 대로 공력을 끌어 올렸다.

각기 세 방향으로 도주한 의문의 무리들.

그리고 세 방향으로 추격하는 세 명의 무인들이었다.

한순간 꼬여 버린 추격전, 피가 튀기고 생사가 갈릴 진정한 격전의 시작이었다.

*　　　　*　　　　*

강비의 몸이 그 어느 때보다도 빠르게 짓쳐 들었다.

한순간 보이는 상대의 등이다.

저 멀리, 시커먼 야행복을 입은 자의 등이 보였다.

호리호리하지만 큰 키에 허리춤에는 한 자루 장도(長刀)가 매달려 있었다.

짧은 순간 강비는 파악했다.

'너무 늦어지면 안 돼!'

천천히 가까워지는 거리였다.

하지만 언제 잡힐지 알 수는 없다. 당선하와 한진희의 안위도 생각해야 하는 만큼, 여기서 끊어야 했다.

장창을 쥔 그의 손에 일순 무지막지한 공력이 쏟아졌다.

본래는 전장에서 단창(短槍)을 날리던 수법이지만, 때가 때이니만큼 별 수 없다.

그의 몸이 한순간 뒤틀리며 엄청난 탄력으로 팔을 휘둘렀다.

부아아앙!

허공을 모조리 찢어발기며 나아가는 장창.

마치 거인이 쏜 화살처럼, 소름끼치는 소리를 내며

허공을 폭발시킨다.

무시무시한 속도로 쏘아진 장창에는 전사력까지 걸려 있어, 피하기도 막기도 힘든 무적의 병기나 다름이 없었다.

도주하던 야행인도 기겁하여 몸을 좌측으로 돌렸다.

찰나지간에 이루어진 일, 그러나 그것만으로도 어렵다.

경력의 여파만으로도 팔 하나가 날아갈 일격이었다.

야행인이 재빨리 칼을 뽑아 날아오는 창의 창대를 치고 넘겼다.

쩌어엉!

산 전체를 울릴 듯한 굉음이 터졌다.

길을 잃은 창이 살짝 우측으로 돌아가며 바위 하나를 꿰뚫고 멈추었다.

괴력이라고밖에 표현할 수 없는 무공.

야행인도 거의 질린 눈으로 강비를 쳐다봤다. 이미 그가 칼을 뽑아서 창을 넘겼을 때, 강비는 그의 삼장 거리 뒤로 도달했다.

"이렇게 보는군."

천천히 어깨와 다리를 푸는 강비다.

뭔가 저잣거리 파락호의 몸 푸는 동작과 비슷했지만 야행인은 긴장을 늦추지 않았다.

행동과는 달리 강비의 몸에서 은연중에 흐르는 존재감이 대단했던 것이다.

나른했던 강비의 얼굴에도 한 줄기 긴장감이 덧씌워졌다.

'강하다.'

몸에 딱 달라붙는 야행복을 입고 복면으로 얼굴까지 가렸지만 아무리 봐도 자신과 큰 차이가 나지 않는 나이다.

하지만 강하다.

강해도 보통 강한 것이 아니었다.

각자 상대의 기파를 느끼고 감탄을 연발하는 둘이다.

"다른 말은 않겠어. 의선총경, 너한테 있나?"

야행인의 눈동자가 살짝 흔들렸다.

너무나도 미약한 흔들림.

하지만 강비는 그것을 놓치지 않았다.

의선문을 습격해서 무수한 사상자를 낸 무리 중 하나답지 않게 뭔가 서툴다는 느낌이 들었다.

"있다면 그냥 이리 넘기는 게 좋을 거다. 굳이 투닥거리고 싶진 않아."

진심이었다.

상대가 강해 보인다고 무턱대고 달려들었던 이전 때와는 조금 다르다.

그는 의뢰에 충실했고 같은 실수를 또 하는 취미가 없었다.

야행인이 칼을 강비에게 겨누었다.

문답무용이랄까.

언뜻 보면 무게가 제법 나가는 장도였는데 막상 꺼내고 보니 생각보다 두툼하지 않고 예리함을 잘 살린 칼이다.

전투 준비다.

야행인의 몸에서 칼날 같은 기세가 뿜어졌다. 마음을 먹고, 자세를 잡는 순간 기파가 바뀌었다.

상대 역시 쉬이 볼 수 없는 상승의 고수라는 소리다.

'별 수 없군.'

이렇게 나오면 싸워서 가져올 수밖에.

천천히 다가오는 강비.

무방비 상태다.

휘적휘적 걸어오는 작태가 마치 동네 마실이라도 나가는 모습과 다를 게 없었다.

그러나 강비의 잔잔한 기도는 야행인의 기와 앞을 다투며 얽히기 시작했다.

자연스레 앞까지 당도한 강비.

파악!

선공은 야행인이었다.

순간적으로 파고들어 칼을 내치는데 속도 하나는 놀라울 정도다.

사르륵.

재빨리 상체를 숙여 칼을 피했지만 머리카락 몇 가닥이 베이는 건 피할 수 없었다. 그러나 언제나 그렇듯, 강비의 눈동자는 나른한 가운데에 냉정한 빛을 머금고 있었다.

터엉!

상대가 파고들었다면, 이번에는 강비가 파고든다.

한 걸음에 품까지 들어가 주먹을 휘두르는데 번개

와도 같은 빠름이 함께한다.

일권의 경력, 쉽사리 무마할 수 없는 막강함이 살아 있었다.

야행인의 몸이 춤추듯 돌아간다.

쩌저정! 타앙!

칼과 주먹이 몇 차례 부딪쳤다.

패왕의 진기를 돌려 주먹을 강철의 순도로 만들어낸 강비였다.

저 예리한 칼에 무시 못 할 공력까지 깃들었지만 찌르르한 아픔만을 느낄 뿐, 그의 손은 멀쩡했다.

칼과 주먹의 거리는 다르다.

야행인은 적당한 거리를 벌이려 했고 강비는 파고들어 후려치기 바빴다.

싸움에 있어서 본인이 유리한 지형과 거리를 만드는 것, 무엇보다도 중요한 일이다.

타다닥!

초식이라 할 것도 없었다.

짧게 끊어 치는 단타(短打)와 묵직하게 질러 넣는 붕권(崩拳), 상대의 중심을 흐트러뜨려 중심을 읽게 만드는 착(捉)의 진결.

그것만으로도 야행인은 기를 쓰지 못했다.

꽹장히 날카로운 도법을 구사하지만 어쩐지 틈을 잡지 못하고 있었다.

강비의 공격과 몸놀림이 원체 빠르고 격정적이기 때문이다.

그러나 그것만으로 설명이 다 되진 않는다.

강비의 눈이 번쩍였다.

'여기.'

강제로 다 팔을 튕겨 내 빈틈을 만들어 냈다.

그의 다리가 채찍처럼 야행인의 옆구리를 후려쳤다.

퍼억!

그대로 날아가는 야행인.

착지해 자세를 잡는다. 위험한 순간, 부신의 요결로 충격의 대부분을 상쇄시킨 것이다. 그러지 않았다면 이미 갈비뼈가 으스러지고 내장이 다 터졌을 위험한 공격이었다.

강비가 다시 어깨를 살살 돌렸다.

"칼 버려. 이번에는 어찌 막았지만, 또다시 칼 들고 덤비면 확실하게 죽을 거다."

자신감의 발로는 아니었다.

마주하고 손속을 섞으면서 강비는 알았다.

이 야행인의 진짜 무공은 도법이 아니다. 분명 그것만으로도 충분히 위협적이었지만 같은 수준의 고수에게는 통하지 않는다.

'권법이다.'

야행인 역시 인정했는지 칼을 집어넣었다.

다리를 벌리고 살짝 상체를 숙인다.

맨손 백타(白打)다.

"좋아."

파아악!

땅을 박차고 나아가는 강비.

속도도 속도지만 그보다 먼저 덮쳐드는 기세가 강렬하다. 순식간에 파고들어 일격을 전개하는 강비다.

그러나 그는 곧바로 물러서야 했다.

'각법?'

환상처럼 상체를 노려 오는 각법.

피할 수가 없다. 막아야만 한다.

강비가 좌측 팔을 얼굴에 붙였다.

퍼어억!

묵직하다.

옆으로 주르륵 물러서는데 왼팔 전체가 요동치는 것 같았다.

엄청난 일격, 제대로 공력 전달이 안 되었다면 이번 한 번으로 팔이 부러졌을 것이다.

'강하다.'

칼을 들었을 때와는 차원이 다르다.

노려보는 눈동자부터 낮게 깔리는 기파, 틈을 파고 드는 일격까지 완전한 전투 태세다.

강비처럼 창술과 권법 양쪽을 다 섭렵한 무인이 아니다.

도법보다 권법.

권법에 일생을 건 자다.

맨손으로 바위조차 우습게 박살 내는 상승의 고수였다.

'대단한데.'

아니라고는 하지만, 정작 상대와 손속을 섞으면서 가슴속 깊숙한 곳에 뭔가 모를 투지가 끓어올랐다.

자신과 비슷한 경지의 고수, 드넓은 중원 천하라도

쉬이 만나기 힘들다.

강비의 나른한 얼굴에 살짝 미소가 드리워졌다.

그러나 더 이상 시간을 지체할 수는 없다.

"어서 끝내야겠다."

재차 덤벼드는 강비.

동시에 마주 오는 야행인.

파파팍! 터엉! 터어엉!

두 사람의 주먹이 미친 듯이 얽혀 들었다.

초근접전의 난타(亂打)와 같았다.

교묘하게 공격을 흘리거나 막아 내며 치명적인 일격은 피하지만 상대의 숨결까지 들리는 거리.

치고 막아 내며 갈긴다. 근접 박투의 총화였다.

야행인의 눈동자가 다시 흔들렸다.

상대의 강함에 놀란 모양이다.

강비는 그런 것에 신경 쓰지 않았다.

까딱 잘못하다가는 뼈 하나 으스러지는 건 시간문제였다.

강비의 무공이 실전적이고 일격필살을 노린다면, 야행인의 무공은 차근차근 상대를 무너뜨리는 데에 치중했다.

단순 무공만 보자면 살벌함은 강비 쪽이 컸으나, 차분함에서는 야행인이 앞섰다.

거기서 문제가 나왔다.

'이놈, 경험이 얇아.'

손속을 나누며 깨닫는다.

야행인은 실전 경험이 별로 없다.

차분함으로 상대의 근본부터 무너뜨려야 할 무공인데, 시간이 지날수록 급박해지는 느낌이었다.

제대로 정심을 못 잡고 있다. 상대의 파상 공세에 당황해 버린 것이다.

상승의 영역에서 벌어지는 전투는 실낱같은 틈 하나로도 승부가 갈린다.

야행인이 당황한 순간부터 승부의 추는 급격하게 강비 쪽으로 넘어갔다.

타아앙!

기어이 일격을 질러 넣는 데에 성공한다.

좌측 어깨에 때려 박은 일권.

파괴적이라기보다 틈을 찌르는 날카로움이 있었다.

단순한 주먹질이 아닌 태청신권을 기반으로 황궁,

군문의 모든 무학을 담아 새로이 만들어 낸 무공이
다.

패왕의 진기가 무시무시한 힘으로 침투하여 야행인
의 어깨 한쪽을 마비시켰다.

비척거리며 물러서는 야행인.

평범한 무인이었다면 상대의 불리함을 보고 한숨
돌릴 여유라도 주었을 터, 강비는 아니었다.

이건 비무가 아니라 실전이다. 더불어 의뢰까지 끼
었다.

물러났다고 기다려 주는 건 바보들이나 하는 짓,
강비의 신형이 끝까지 야행인에게 따라붙어 무공을
전개한다.

타다당! 퍼억!

"큭."

급박한 신음성이 흐른다.

좌측 팔 하나를 봉했다.

무인에게 팔 하나를 봉했다는 건 전력의 반 이상을
깎은 것이나 다름이 없다.

강비의 무자비한 산타(散打)가 야행인의 전신에 휘
몰아쳤다.

스치기만 해도 침투한 경력이 내상을 유발했다.

점점 움직임이 굼떠져만 가는 야행인이다. 강비의 눈이 강렬한 신광을 발했다.

퍼엉!

정확하게 질러지는 일권.

복부를 가격당한 야행인이 삼 장이나 뒤로 날아가 엎어졌다.

"쿨럭!"

복면이 피에 물들었다.

제대로 들어간 일격이었다.

복부, 내장이 모인 곳.

멀쩡한 사람이 전력을 다해 후려쳐도 자칫 잘못하면 내상을 입을 수 있는데 하물며 강비 정도의 고수가 마음먹고 내친 일격이다.

치명상이라 해도 과언이 아니다. 거동할 수 없는 내상을 입었을 것이다.

강비가 고개를 갸웃거렸다.

"이상한 녀석이군."

야행인의 무공은 강했다.

그것만큼은 진짜다. 익힌 무공 근본부터가 대단한

수준이고, 그것을 이만큼이나 풀어내는 야행인의 깨달음 역시 보통이 아니었다.

느껴지는 기도부터 휘두르는 무공까지.

무엇 하나 범상치 않은 것이 없다.

그러나 묘하게 약했다.

경험이 없어서 그런가 했지만, 그것을 제하고도 뭔가 이상한 게 있다.

'지닌 기량보다 약한 것 같단 말이지.'

야행인은 몇 번이나 토혈을 하면서도 몸을 부르르 떨었다.

내장출혈도 문제였지만, 내부를 휘젓는 호천패왕기의 진기가 미친 듯이 날뛰었기 때문이다.

침투한 공력이 기혈을 헤집고 파괴한다.

야행인은 그것을 억누르는 것만 해도 정신이 없었다.

어느새 그의 앞에는 장창까지 들고 나타난 강비가 있었다.

"내놔, 의선총경."

나른한 가운데, 마치 내 물건 내놓으라는 것처럼 당당하기 짝이 없다.

천하에서 짝을 찾기 어려운 기도를 가진 자다.

야행인은 이 어처구니없는 말을 들으면서 운행하는 진기가 꼬일 뻔했다.

"참 말 안 듣는 친구야. 멍청한 것 같지는 않은데 상황 판단도 좋지 못하군."

강비의 손가락이 순식간에 야행인 몸을 훑어 내렸다.

마혈과 혼혈을 동시에 짚는다.

야행인의 몸이 뻣뻣하게 굳어지다가 이내 축 늘어진다. 기절한 것이다.

천천히 그의 품을 뒤적거리는 강비.

한참을 뒤져도 뭐가 안 나온다. 강비의 눈에 슬쩍 짜증이 묻어 나왔다.

'없나?'

기어이 찾은 물건은, 의선총경이 아니었다.

자그마한 패(牌).

손바닥 안에 쏙 들어올 정도의 크기. 동그란 가운데 밀(密)이라는 글자가 생생하게 양각되어 있었다.

고풍스러운 패, 재질이 뭔지 모르겠지만 보통 물건은 아닌 것 같았다.

"알 수가 없군."

일단 품으로 집어넣는다.

강비는 가만히 기감을 열었다. 확장되는 기세, 오감이 증폭되고 있었다.

'저쪽…… 저쪽이다.'

기절한 야행인을 슬쩍 본 강비가 지체 없이 몸을 날렸다.

＊　　　＊　　　＊

한진희의 눈에 떠오른 건 당혹감이다.

'이것이 실전!'

다가오는 작은 체구의 야행인, 그의 양손에는 각기 한 자루의 소도(小刀)가 들렸다.

두 자루의 소도가 미친 듯이 공기를 찢고 다가오는데 도무지 막을 수가 없었다. 피하기도 급급했다.

막고 공격을 하려 해도 도무지 틈을 찾기가 힘들었다.

공간 안으로 들어서는 순간 온몸이 베일 것 같은 공포심이 뇌리를 자극했다.

각고의 노력으로 정심한 무공을 익혀 왔지만, 생애 첫 실전을 겪는 그녀에게 있어서 부동심을 지키는 건 무리였다.

'어떻게든 제압을 해야…….'

죽이든 제압을 하든.

어느 쪽이든 문제였다.

사람을 살리는 의원으로서 한진희는 본능적으로 살인에 대한 거부감이 있었다.

까마득한 옛날, 어린 시절부터 무공을 익혀 왔지만 그것은 무예에 대한 재미와 의술의 발전을 위해서였지 단순히 싸움질을 하려고 익힌 건 아니었다.

제압을 한다?

그건 더 어렵다.

소도가 그리는 반원 사이로 뛰어들기조차 버거운데 이런 자를 어떻게 제압할까.

무공의 경지와 위력으로 본다면 한참이나 높은 기량을 가진 한진희였지만, 그녀는 도무지 야행인을 어떻게 할 수가 없었다.

실전의 부재.

약한 마음이 문제였다.

야행인으로서도 분통이 터질 일이다.

어떻게든 도주를 하려 해도 뒤가 잡혀 도주는 못한다.

죽이고는 싶은데 무공이 높아서 그마저도 불가능하다.

마치 상대가 자신을 놀리고 있는 것 같아서 기분까지 최악이다.

다행히도 둘의 고민거리를 한 방에 날려 줄 사람이 도착했다.

나뭇가지를 밟고 허공 높은 곳에서 떨어져 내리는 한 사람.

순식간에 전권으로 들어서 장창을 휘두른다.

일부러 개방한 기파.

야행인이 기겁해서 소도를 휘둘렀지만, 그것만으로는 마음먹고 내친 강비의 창을 감당할 수 없었다.

쩌저저정!

"커헉!"

소도 두 자루가 박살 나고 허벅지에 구멍까지 하나 뚫린 채 튕겨지듯 뒤로 날아간 야행인.

높게 선 나무가 아니었다면 십여 장은 날아가 기절

했을 것이다.

일격에 끝내는 승부.

한진희는 갑작스레 일어난 상황에 순간 적응을 하지 못했다. 그야말로 격정적인 일격이었다.

"괜찮나?"

"네? 아, 네. 고마워요."

얼떨떨한 와중이라도 감사의 인사는 전한다.

강비는 천천히 야행인에게 다가갔다.

조금은 난감했다.

말이라도 해 줬으면 좋겠는데 나무에 뒤통수를 박았는지 제정신을 차리지 못하고 있었다. 허벅지에 구멍이 뚫려 피가 줄줄 흘러나왔지만, 그것까진 강비도 알 바 아니었다.

가만히 그의 품을 뒤지는 강비.

책자 하나가 손에 만져졌다. 강비의 눈이 번쩍 빛을 토해 냈다.

"이건가."

천천히 꺼내지는 책자.

비단으로 돌돌 말려졌다. 두께나 크기로 보건대 책이 확실하다.

비단을 푸는 강비.

한진희의 눈에 기대감이 떠올랐다.

드러나는 책자, 표면에는 아무것도 적혀 있지 않았다.

어떤 재질을 사용했는지 표지가 시커멓다. 한진희의 얼굴이 밝아졌다.

"맞아요, 의선총경이에요."

"이것이?"

"네."

한진희가 재빨리 강비에게서 책을 받았다.

떨리는 그녀의 손, 의선문에서 여기까지 도달하는 데에 시간이 제법 걸렸지만 그래도 이런 식으로 찾게 될 줄은 몰랐다.

그러나 그녀의 표정이 굳어진 건 순간이었다.

"뒤쪽 내용이……?!"

의선총경은 의선총경이되, 강시제조술이 적힌 후반부는 통째로 뜯겨 나간 상황이다.

이러면 의미가 없다.

물론 의선총경의 진본이라는 것 자체로 보물이지만, 진짜 문제가 되는 내용이 없다면 소용이 없다.

강비가 가만히 팔짱을 꼈다.

'어디로 간 거지?'

당선하가 쫓는 작자에게 의선총경 후반부가 있을 까?

강비는 가볍게 고개를 저었다.

그건 말이 되지 않는다.

물론 그럴 가능성도 배제할 순 없지만 상식적으로 생각해 볼 때 자신이 상대했던 권법의 고수에게 있었 으면 있었지 조무래기인 나머지 둘에게 있을 리는 없 다.

보니 어느 조직의 소속인 듯한데, 세상 거의 모든 무파가 그렇듯 무공의 강함은 지위의 척도가 된다.

더군다나 무공의 질도 다르다.

강비가 상대했던 자는 비록 경험이 부족했을지언정 몇 세대가 이어져 내려오며 정립된 투로와 운용력이 완벽하게 살아 있는 무공이었다면, 지금 창질 한 번 으로 사경을 헤매게 된 이 작자의 무공은 상승의 요 결이라 불리기엔 힘든 것이었다.

'당최 뭐가 뭔지 모르겠군.'

상념이 젖어 든 강비.

그런 그를 일깨우는 목소리가 있었다.

"이봐요. 이러다가 이 사람 죽겠어요."

한진희의 말이었다. 강비는 슬쩍 쓰러진 야행인을 보았다.

내상도 심각하고 허벅지는 저절로 떨린다.

상처 부위에서 엄청난 양의 핏물이 솟구치고 있었다.

과다출혈로 먼저 죽을 판이었다.

설령 나아도 다리 하나를 못 쓰는 불구(不具)가 될 것이다.

"자업자득이지. 칼을 디밀어 상대를 죽이고자 했던 자다. 허벅지가 뚫려서 죽건 머리통이 날아가 죽건 알 바 아냐."

적어도 한진희에게 있어서 이만큼 파격적인 말투는 없었다.

그녀는 경악 어린 눈으로 강비를 바라보았다.

"그럼 이대로 놔두자는 건가요?"

"이놈은 조무래기야. 내가 상대했던 녀석은 기절한 채로 두고 왔으니, 일단 그놈에게 자초지종을 물으면 될 것 같아. 이놈은 필요가 없어."

"지금 그걸 말하는 게 아니잖아요. 이렇게 심한 상처를 입었는데."

"그래서, 살리자고?"

"안 살리는 게 이상한 거 아니에요?"

죽어 가는 사람이 있다.

살리지 않는 것이 이상하다. 인간으로서 가지는 마땅한 도리였다.

그러나 강비는 콧방귀 한 번으로 그녀의 아리따운 마음씨를 무참하게 짓밟았다.

"뭔가 착각하고 있군, 소문주. 이놈은 소문주의 집으로 쳐들어가 동고동락했던 의원들 수십 명을 죽이고, 살아날 가망이 있던 환자들조차 나락으로 떨어트린 개자식 중에 하나야. 소문주 입장에서 보자면 원수에 다름이 아니지. 씹어 먹어도 시원찮을 판에 살려 준다? 마음씨 한 번 넓군."

"그, 그건⋯⋯."

"게다가 내가 오지 않았다면 십중팔구 소문주는 당했어. 죽지 않았어도 상처를 입었겠지. 그만한 무공을 지녔음에도 혹여 다칠까 주먹질 한 번 제대로 못하는 꼬락서니라니, 익힌 무공이 아깝고 재질이 아까

울 지경이다. 그처럼 말랑말랑한 마음씨는 환자들 살
릴 때나 보여 줘."

답지 않게 긴 말이었다.

그러나 구구절절, 한진희의 심장을 쑤셔 박는 예리
한 말투였다.

"명심해라. 우리는 의선총경을 찾는 의뢰를 맡았
다. 그걸 가지고 강시를 만들든 괴물을 만들든 내 입
장에서야 알 바 아니지만 의선문주라는 고객의 의뢰
는 '의뢰'의 형태로서 반드시 완수가 되어야 해. 여
기까지 동행한 건 해결사로서 막지 않았지만 계속 이
따위로 행동할 거라면 곤란하지. 그만 집으로 돌아가
는 게 좋을 거다. 옆에 있어서 행동을 제약당하면 눈
앞에 있는 물건도 놓칠 게 분명해. 따라왔으면 도움
은 주지 못할망정 방해나 하지 말라는 소리다."

독설에 가까운 말이다.

한진희는 말문이 막혔다.

평생 살면서 누군가에게 이 정도로 냉혹하고 현실
적인 말을 들어 본 기억이 없었다.

강비도 이리 긴 이야기를 한 건 드물었다.

그만큼 신경이 쓰인다는 뜻이기도 했다.

비록 예의 없는 독설이었지만 강호를 살아가는 한 진희에게는 뼈가 되고 살이 될 이야기였으니.

그녀가 생각하는 것만큼, 세상은 마냥 밝고 아름답지만은 않다.

과거의 강비가 그랬다.

생사가 갈리는 극한의 장소, 전장.

첫 출전은 물론 세 번째 전장에서까지 그는 누구 하나 상처를 입히지 못했다. 연약해 빠진 마음가짐이었다.

그럼에도 살아 돌아온 생존 능력을 칭찬 받아야 할지 모르겠다.

그러나 이래선 안 된다는 걸 깨달은 강비다.

살기 위해선 상대를 죽여야 한다. 나아가 아군의 피해를 줄이기 위해선 최소한의 시간 내, 최대한 많은 수를 죽여야 했다.

복수는 못하더라도 미친 전쟁을 끝내기 위해서 창칼을 들어야 한다.

그래야 내 사람들이 살고 내가 산다.

지금의 한진희를 보며, 어쩐지 과거의 자신이 생각이 나 더 독하게 말을 하게 되었다.

가만히 고개를 숙이는 한진희.

분하지만 어쩐지 반박할 말이 떠오르지 않았다.

이들을 보며, 이들의 언행과 능력을 보며 스스로도 느끼고 있었던 바였다. 아직까지 세상에는 그녀가 모르는 것들이 너무나 많았고, 배워야 할 것도 너무나 많았다.

'하지만.'

그녀에게도 지금까지 지켜 온 신념이 있었다.

고개를 든 그녀의 눈에, 비록 어지러웠지만 점점 드러나는 광채가 있었다.

"난 환자를 눈앞에 두고 그냥 지나치는 사람이 아니에요."

아버지의 아버지, 그 아버지의 아버지들부터 지켜 온 의원으로서의 삶.

신념이자 가훈인 것이다.

설령 자신을 죽이려 한 자들이라도, 죽어 가는 사람이면 일단 살리고 본다.

병을 고치고 생명을 살리는 데에 인색하지 않은 것, 그녀는 의원으로서 가져야 할 자세를 어렸을 때부터 배우고 익혀 왔다.

강비는 가만히 고개를 돌렸다.

더 이상은 이야기할 것도 없다.

한진희가 그리 생각했다면 뭐 어떻게 할 것인가. 그녀 역시 그녀 나름대로의 생각이 있는 것이다. 강요할 수 없는 문제다.

진짜 문제는 따로 있다.

'오는군.'

한진희가 재빨리 야행인의 옆구리를 싸매고 치료에 들어간 와중 저 멀리서 당선하가 달려왔다.

그녀의 옆구리에는 축 늘어진 야행인이 있었는데 피를 줄줄 흘리는 모양새를 보니 제대로 작살을 내놓은 듯했다.

"휴, 힘드네요."

"어땠어?"

"일단 이 녀석에게는 의선총경이 없었어요."

예상했던 일이다.

당선하에게 그동안 일어났던 이야기를 짧게 한 강비. 그녀의 표정도 덩달아 심각해졌다.

"어딘가로 빼돌린 걸까요?"

"그럴 가능성도 배제할 순 없지. 시간이 시간인지

라 누군가에게 전달했다기보다 어디에 숨겨 두었다는
게 맞을 거야."

"일단 심문을 해 볼까요?"

"그러지."

결국 기절한 세 사람을 한데 모았다.

야행복을 입고 복면까지 써서 비슷해 보였지만, 각
기 특색이 있는 자들이었다.

강비가 상대한 자는 상당히 키가 컸고 호리호리하
여 얼핏 여인처럼 느껴질 몸이었다.

기절한 와중임에도 존재감이 남다르다.

질 좋은 무공을 깊은 경지까지 익힌 전형적인 무인
의 기도였다.

소도를 쥔 손까지 박살 난 두 번째 야행인은 평범
한 체구에 다소 약삭빠른 몸을 갖고 있었다.

이제는 걷는 것조차 마음대로 할 수 없는 처지겠지
만 머리회전도 빠를 듯하고 틈을 노리며 도주하는 쥐
가 생각난다.

마지막으로 당선하가 처리한 야행인은, 일단 여인
이었다.

굴곡진 몸매, 손에는 아직까지 채찍이 들렸다.

얼마나 독랄하게 손을 썼는지 복면이 피투성이가
다 됐다.

당선하가 어깨를 으쓱였다.

"아주 날 찢어 죽일 기세로 덤벼들더라고요. 어쩔
수 없었어요."

"물어보지 않았어."

강비는 그들의 혈을 짚어 모두 정신을 차리게 했
다.

"쿨럭!"

"허억, 허억."

두 번째 야행인을 제외하고는 다들 아직까지 살 만
한 모습이었다.

"간단하게 묻겠다."

강비가 그들 앞으로 다가온다.

낮게 깔리는 기도.

나른한 눈동자는 어디로 갔는지 차가운 한광만이
가득했다.

눈빛이 변하니 분위기도 변한다.

스산하게 퍼지는 기파는 마치 독사의 그것처럼 음
산하고 끈적했다.

"의선총경 후반부. 어디로 빼돌렸나."

당연히 대답은 나오지 않았다.

그저 살벌한 눈으로 강비를 쳐다볼 뿐이다. 심지어 가장 처참하게 당한 두 번째 야행인도 고리눈을 뜨며 강비를 노려보았다.

강비가 피식 웃었다.

파악!

"끄아아악!"

당선하가 살짝 눈살을 찌푸리고 한진희는 입을 쩍 벌렸다.

창을 휘두른 강비가 두 번째 야행인의 눈 하나를 찍어 버렸다.

나아도 다리 하나는 불구가 될 텐데, 눈 하나까지 잃었다.

끔찍한 출수. 만행이라 불리어도 부족함이 없다.

"이게 대체 무슨 짓……!"

뛰쳐나오려는 한진희를 당선하가 막았다.

의뢰에 집중해야 한다.

지금은 환자랍시고 누굴 봐주고 말고 할 상황이 아니다.

당선하의 눈이 냉정해진다.

"방해하지 말아요."

"그래도 이건 아니죠! 어떻게 상처 입은 환자를!"

"환자가 아니라 적이에요. 소문주의 집을 초토화시
킨 원흉이라는 뜻이죠. 우리에게는 의선총경에 대한
실마리를 얻게 해 줄 자들이기도 해요."

차가운 어조.

평소의 그녀답지 않게 한풍이 몰아치는 것 같았
다.

아무리 소문주인 한진희라도, 더 이상 문제를 일
으키면 기절이라도 시키겠다는 단호함이 실려 있었
다.

한진희는 눈 뜨고 볼 수밖에 없었다.

아군이 당해서일까.

나머지 두 사람의 눈이 경악으로 물들었다.

"눈 다음에는 나머지 하나의 눈이다. 그래도 말을
하지 않을 시 다리 하나를 빼앗겠다. 어차피 불구로
살 몸, 다리 하나 날아갔으니 짝은 맞춰 줘야지. 물
론 죽지는 않을 거야. 저쪽 여자가 의선문 소문주거
든. 잘 고쳐 줄 테니 행여나 죽음을 걱정하진 말고."

말투는 나른한데 눈동자는 냉혹하다.

살인마, 살인귀 그 어떠한 단어를 붙여도 이보다는 살벌하지 않겠다.

"다시 묻는다. 의선총경 후반부 어디에 있나."

여전히 대답은 없었다.

강비의 창이 재차 움직였다.

퍼엉!

"끄르륵."

두 눈이 날아가 버린 야행인.

충격으로 기절을 했지만 강비는 혈을 눌러 강제로 정신을 차리게 했다.

그야말로 강호의 마두(魔頭)들이나 행하는 거침없는 악행이었다.

"의선총경 후반부는 어디에 있나."

이번에도 대답은 없었다.

다만 그나마 멀쩡한 나머지 두 야행인의 눈이 거칠게 흔들린다는 점이 다를 뿐이었다.

강비는 살짝 웃으며 창을 역수로 쥐고 다리 하나와 두 눈을 잃은 야행인을 향해 찍었다.

퍼억!

"커헉!"

나머지 멀쩡하던 다리 하나에 창대가 박혔다.

허벅지를 박살 낸 게 아니라 무릎 바로 위쪽을 박살 냈다.

뼈는 물론 연골까지 죄다 찢어졌으니, 다시 고칠 수도 없다.

"다음은 너희들 차례야. 똑같이 만들어 준 다음에도 이야기를 하지 않으면 다시 이놈부터 시작이다."

살벌한 이야기였다.

분위기를 휘어잡고 언어로 증폭시킨다.

행동으로 그 의지를 보인다.

필설로 형용하기 힘든 악행이지만 효과 하나는 대단했다.

"의선총경 후반부는 어디에 있나."

일관적인 물음이었다.

그것도 무섭다.

오로지 궁금한 것은 의선총경 후반부의 행방일 뿐이다.

상대를 자극하는 말 외에는 그것밖에 묻지 않는다.

강비는 가볍게 고개를 저었다.

"이해할 수 없군."

창날로 자신과 겨루었던 야행인의 눈을 노렸다.

"어차피 나도 이 사람들도 시간이 없어. 총경 후반부만 찾으면 돌아갈 거다. 너희를 죽이진 않을 거란 소리지. 나 같으면 죽거나 병신이 되느니 일단 주고 후일을 도모할 텐데, 너희에게는 무슨 같잖은 충성심이라도 있어 이러는지 진심으로 이해하기 힘들군. 하기야, 그런 거라도 있어야 조직이 유지되는 법이지."

강비가 하얗게 웃었다.

죽음의 신이 웃는다면 아마 이와 같을 것이다.

죽음 그 자체의 기운이 그의 전신에서 가득 약동하고 있었다.

"그 자존심, 끝까지 지켜라. 중간에서 생각을 바꾸면 병신 다 된 이놈이 억울해하지 않겠나?"

사람의 심리를 주무르는 언행들이다.

그의 창이 호리호리한 야행인의 눈을 노리고 짓쳐들 때였다.

"잠깐!"

저 멀리서 들려오는 소리.

창날이 야행인의 눈 바로 앞에서 멈추었다.

소리가 조금만 늦었어도 눈 하나가 아작 날 뻔했다.

호리호리한 야행인의 이마에서 식은땀이 흐른다.

당선하가 몸을 돌리며 중얼거렸다.

"이제야 모습을 드러내는군."

이미 주변으로 상당한 숫자의 무인들이 다가오고 있음을 알아챈 당선하였다.

강비 역시 마찬가지다.

다만 적의(敵意)는· 있으되 함부로 나서지 못함을 알고 계속 이들을 자극했을 뿐이다.

그들 뒤에서 나타난 사람은 한 명의 젊은이였다.

청년, 강비보다 어려 보이지만 당선하 보다는 많아 보이는 외모.

하늘하늘한 옷차림은 마치 문사(文士)의 그것과 같았다.

실제로 부드러운 얼굴이나 체격을 보면 무인보다 문사에 가까운 사람이었다. 분위기도 그러했다.

"너무 늦군."

강비의 한마디.

문사 청년의 눈에 복잡함이 얽힌다.

"알고 있었소?"

"그래."

"과연 대단하오. 하기야 저 셋을 나란히 무너뜨렸다면 그만한 실력이 있었다는 뜻이겠지."

청년의 말투는 묘한 구석이 있었다.

구름처럼 허허로우면서도 일렁이는 파도처럼 격렬하다.

감정의 문제가 아니라 기질의 문제였다.

언뜻 보면 고아하고 부드러운 학과 같지만, 진실한 내면은 강인하고도 강인하다. 무엇으로도 부술 수 없는 내면을 가진 자였다.

정체를 떠나서 이만한 사람을 만나긴 쉽지가 않은 법이다.

"나머지도 전부 나오라고 하지. 기세만 보면 한판 붙자는 거 같은데."

나른하게 흐르는 말투, 청년의 눈에 이채가 띤다.

"그것은 우리가 어떤 대화를 하느냐에 따라서 달라지지 않겠소? 섣불리 서로의 패를 드러내는 우를 범하진 맙시다."

능수능란하게 넘긴다.

긴장된 상황.

그럼에도 시종일관 여유를 잃지 않는 배포가 놀랍다. 확실히 보통 그릇은 아니었다.

"거래를 원하는가?"

"그렇소."

"어떤 거래일지 어떻게 알고?"

"당신이 우리의 존재를 알아챘듯, 우리도 당신이 하는 말을 전부 들었소. 당신이 원하는 것은 의선총경의 후반부이지 않소?"

"얘기가 빨라지겠군."

"군이 잡다한 이야기로 시간을 끌 필요는 없다고 생각할 뿐이오."

"피차 마찬가지다."

"우리 쪽에서 원하는 것은, 이미 당신도 알 것이오. 그 세 사람을 곱게 풀어 주는 것. 그것이 전부요."

세 사람 전부를 언급한다.

당선하의 눈이 반짝였다.

누구 한 사람을 돌려받길 원하는 게 아니다. 셋 전부를 원한다.

한 조직에 속한 사람이라면 당연하다고도 할 수 있겠지만 당선하는 청년의 말에서 하나의 의미를 더 읽어 냈다.

'이들 중 분명 저들에게 중요한 인물이 있어. 누가 더 중요한지를 파악하지 못하도록 만들 생각인가.'

아직 강호에 드러나지 않은 세력이라는 생각이 들었다.

강비가 고개를 끄덕였다.

"넘기는 거야 어렵지 않지. 우리도 굳이 죽이거나 고문할 필요는 없었어. 의선총경 후반부만 있다면 말이지."

청년이 가볍게 고개를 끄덕이며 품에서 책자 하나를 꺼내 들었다.

의선총경 전반부의 짝.

뜯어진 부위가 적나라하게 보였다. 확실히 의선총경의 후반부였다.

"드리겠소."

이건 또 뜻밖이다.

이렇게 쉽게 넘기리라고는 생각하지 못했다.

물론 당선하나 강비는 감정을 얼굴에 드러내지 않았다.

다만 한진희만이 약간의 혼란스러움을 보였다.

"간단하군."

"어차피 마음을 먹은 이상 질질 끌 생각이 없소."

"좋아."

거래를 튼 청년, 놀랍게도 책 후반부를 먼저 던진다.

이 행동은 확실히 놀랍다.

상대를 믿지 않고서야 먼저 거래 물품을 건네주는 짓은 하지 못하는 법이었다.

강비조차도 뜻밖이었다.

"시원시원한걸. 우리가 못된 마음을 품고 있다면 어쩌려고 이러나?"

"이유 없는 말장난은 사양이오. 난 당신의 눈을 보았고, 그것으로 되었소. 마음에도 없는 소리 그만하고 인질을 이리 풀어 주시오."

확실히 보통 남자가 아니다.

이 정도면 감탄이 절로 나온다.

그만큼 상대에게 여유가 없다는 뜻이겠지만, 그 없는 여유를 있는 것처럼 착각하게 만드는 재주가 있다.

마혈을 풀고 셋을 인도하는 일행이다.

일사천리로 진행이 되었다.

청년에게로 가는 둘의 눈에 치욕과 죄책감이 가득했다.

임무를 성공치 못한 것, 자신들이 발목을 잡힌 것이 못내 괴로운 모양이다.

청년의 등 뒤로 사라지는 세 명의 야행인.

청년은 고개조차 돌리지 않았다. 여전한 눈으로, 그저 강비와 당선하를 바라볼 뿐.

강비가 건넨 의선총경 후반부를 받은 한진희는 빠르게 책을 넘겼다.

그녀의 얼굴이 다소 밝아졌다.

"확실해요."

그것으로 된 것이다.

그러나 한진희의 말은 아직 끝나지 않았다.

"필사본을 적은 건 아니겠죠?"

날카롭게 찌르는 말투다.

한진희의 아름다운 눈동자가 청년의 얼굴을 압도한다.

청년이 고개를 저었다.

"당신들도 알다시피 그것은 마냥 본다고 필사할 수 있을 만큼 만만한 내용이 아니오. 더군다나 난 의술에 대해 그리 해박하지 않소. 당신들이 생각하는 그런 일은 벌어지지 않았으니 너무 신경 안 써도 될 거요."

"그 말, 믿겠어요."

확실히 한진희는 순진한 구석이 있었다.

당선하가 고개를 저었다.

"의선총경이 탈취된 지 한 달이 넘었어요. 그간 추격전을 벌였다지만 당신들은 충분히 능력이 되는 사람들이죠. 그 기간에 의선총경을 필사하지 않았다는 것, 말도 안 되는 소리죠."

"그쪽 소저 분께서는 의심이 많으시군."

"의심하는 게 직업이라."

"별로 좋은 직종은 아닌 것 같소."

"덕분에 얻은 것도 많아요. 예를 들면, 사람 보는 눈이라든지."

"호오. 사람 보는 눈이라."

어쩐지 흥겹게 흘러가는 대화였다.

인질을 구출해서인지 한층 여유로워진 청년이다.

"그래서 나는 어떤 사람 같소?"

"당신 같은 사람은 중원 천하에서도 찾아보기 힘들죠. 하지만 이건 알겠어요. 결코 녹록한 사람이 아니라는걸."

"하하, 과한 평과외다. 한낱 글쟁이일 따름이오."

"한낱 글쟁이치고는 가진 공력의 양이 대단한데요?"

청년의 얼굴이 살짝 굳어졌다.

그러나 풀리는 것도 순간이다.

말 그대로 찰나지간에 불과했다.

"소저의 안목이 과연 놀라운 데가 있소. 은밀한 심법(心法)이거늘 그걸 알아채는구려."

"그것만이 아니죠. 당신은 분명 거짓을 말했어요."

"확신하는 이유가 있소?"

"감이라고 해 두죠. 당신은 조금 전, 진심을 말할 때와 미묘한 차이가 있어요. 동작, 표정, 눈빛, 어조.

그 모든 것이 같았지만, 분위기가 다르다는 거죠."

"분위기로 참과 거짓을 파악한다. 거참 흥미로운 능력이오. 가능하다면 배우고 싶군."

"누구라도 배울 수 있죠."

"누구라도? 혹 방법을 알 수 있겠소?"

"그만큼 속아 보면 돼요."

청년이 크게 웃었다.

"하하하! 참으로 유쾌한 분이시오. 비록 안 좋은 일로 얽히긴 했지만 나 역시 탄복했소."

진실로 즐거운 것 같았다.

몇 번이나 웃은 청년이 강비에게로 시선을 돌렸다.

"강한 분, 저 소저의 말이 맞소. 우리는 필사본을 만들었소. 물론 완성된 필사본은 아니오. 절반이 조금 넘는 정도랄까. 그것만으로도 대단했지만, 그렇다고 완전한 것도 아니지."

"그래서?"

"난 솔직하게 다 말했소. 하면 이 자리에서 날 잡을 거요?"

강비가 가만히 청년의 눈을 바라보았다.

눈은 거짓을 말하지 못한다고 하던가.

상대의 눈빛을 읽을 수 있다면, 말을 하지 않아도 어떤 사람인지 알 수 있다고 하였다.

강비가 천천히 고개를 저었다.

"됐어. 우리는 의선총경을 온전히 가져다달라는 의뢰를 받았을 뿐이다. 뒤가 어떻게 되든지 더는 알 바 아니야."

"하하! 호탕하시군. 그럴 줄 알았소."

오히려 안달이 난 것은 한진희였다.

비록 전부가 아니라 하나, 그 정도만이라도 위험한 지식이다. 자칫 잘못하면 중원 천하에 큰일이 터질지도 모른다.

한데도 강비와 당선하는 이 사람들을 그냥 보내 주겠다는 것인가?

그녀의 기색을 읽었는지 당선하가 고개를 저었다.

"설령 이 자리에서 저들을 다 죽인다 하더라도 필사본의 행방은 찾기 어려울 거예요. 게다가 강비의 말이 맞아요. 우리의 의뢰는 의선총경을 찾는 것이지, 의선총경을 탈취한 자들을 전부 죽이거나 필사본을 없애 달라는 의뢰는 받지 않았어요. 더 이상의 행동은 혼란만 초래할 뿐이지요."

구구절절 옳은 말이다. 반박할 말이 없었다.

청년이 기분 좋게 웃었다.

"소저의 말이 실로 옳소. 이거 점점 기분이 좋아지는군. 여기까지 오면서, 솔직히 다소 무거운 마음이 었다는 걸 숨기진 않겠소. 하나 지금은 다르오. 참으로 즐겁소. 해서 내 당신들에게 몇 가지 알려 주고 싶은 사실이 있소."

"뭔데?"

"의선총경. 우리가 그것을 탈취한 것은 맞으나, 또한 그것을 노리는 자들은 우리만이 아니오. 화산과 종남이 우리를 찾지 못했다 했소? 맞소. 하지만 그들의 능력으로 볼 때 앞마당에서 우리를 놓친다는 건 말이 안 되는 일이지. 심지어 정보력으로는 최고라는 개방까지 끼어들지 않았소? 어떻게든 도주는 했겠지만, 그들의 눈이 혼란스럽지 않았다면 이 정도로 속 편하게 도주하진 못했을 거요. 그들 이외에도 정보를 교란하고 말도 안 되는 흔적을 남긴 또 다른 자들이 있다는 것이지."

강비의 나른한 눈이 빛났다.

이건 진짜다.

가볍게 말하곤 있지만 청년의 눈이, 기도가, 분위기가 진실이라고 얘기해 주고 있었다.

지금 상황에서 이런 내용으로 허튼소리를 할 작자는 아니었다.

"그 말은……."

"그렇소. 우리는 이만 여기서 손을 떼기로 했소. 하나 또 다른 세력도 그러할까? 구파, 화산과 종남이라면 그러지 않겠지만 우리처럼 드러나지 않은 조직에서도 당신들을 노릴 거요. 부인할 수 없는 사실이지."

청년은 매력적인 웃음을 지으며 등을 돌렸다.

"부디 이 섬서 땅에서 살아 돌아갈 수 있기를 바라겠소. 당신들은 또 한 번 마주하고 싶은 사람들이오. 다시 볼 때까지, 무운을 빌지."

그렇게 청년과 드러나지 않았던 무사들은 사라졌다.

황량한 바람이 불어오는 산속에서.

의선총경을 얻었음에도 세 사람의 마음은 납덩이를 올린 것처럼 무거웠다.

전장의 공기, 피냄새가 흐른다.

정상적이지 않은 예감이었다.

강비의 나른한 눈에서 한 줄기 뇌전이 휘몰아쳤다.

집으로 돌아가는 길이 제법 험해질 것 같았다.

외전

"어찌하여 울고 있느냐?"

은은하게 귓가를 파고드는 음성이었다.

늙수레한 목소리.

어딘지 힘이 없는 것 같은데도 묘하게 사람의 마음을 이끄는 힘이 있는 음성이다.

소년은 눈물로 범벅이 된 눈가를 훔치지도 않은 채 고개를 들었다.

저 높디높은 태양을 등지고 자신을 내려다보는 사람이 있었다.

얼굴은 제대로 보이지 않지만 나이를 상당히 먹은

것 같았다.

오십에 가까운 나이, 입가의 주름과 머리카락 곳곳에 보이는 흰 서리는 세월의 풍상을 그대로 맞은 듯 어디에서나 볼 수 있을 법한 초로(初老)의 외관이었다.

"사람을 죽였습니다."

"사람을 죽여서 울고 있다…… 이 비정하기 짝이 없는 전장(戰場)에서 통 어울리는 말은 아니로구나. 마음이 아프냐?"

"그렇습니다."

"살인(殺人)이 슬픈 것이냐?"

"잘 모르겠습니다."

"스스로의 마음을 모르는데 어찌 그리 서럽게 울고 있는가."

"그도…… 모르겠습니다."

세상 전체가 이슬로 물든 듯 일그러진 풍경 너머에 있는 사람은 미묘한 웃음을 짓고 있었다.

"위 천호(千戶)의 휘하에 재미있는 꼬마가 있다고 들었다. 이제 열셋의 나이라, 그 어린 나이에 어찌 이런 곳에 있는지 의아하여 직접 보고자 들렀거늘,

상에 흉살(凶殺)만 그득하니 과연 네 있을 자리를 찾기야 찾은 것이로다. 한데 무엇인가, 흉살은 흉살이되, 또한 그곳에서 벗어나 있다. 이런 경우는 처음이구나."

"예?"

초로의 괴인(怪人)은 가볍게 뒷짐을 쥐고 허허 웃었다.

기쁨과 서글픔이 공존하는 웃음소리였다.

"인세의 지옥에서 살아감에, 아무리 어린 나이라도 인성(人性)을 잃기에 충분하리라. 한데도 그 품성이 선하여 상과는 영 반대되니, 이 나이가 되어서도 천리(天理)의 기묘함이란 알 수가 없다."

어린 소년에게는 도통 모를 소리였다.

그러나 어쩐지, 소년은 눈앞의 이 괴인의 목소리를 들으며 걷잡을 수 없이 빨려 드는 느낌을 받았다.

괴인이 발하는 목소리가, 그의 전신에서 우러나오는 부드러운 분위기가 눈을 뗄 수 없게 만들고 있었다.

괴인의 시선이 다시 소년에게로 돌아갔다.

잘 보이진 않지만 소년은 느낄 수 있었다.

인자한 눈동자.

이 비정한 전장에서는 절대로 볼 수 없는 그러한 눈빛이 햇살처럼 전신으로 쏟아지고 있었다. 마음이 절로 푸근해져, 다시 울컥 눈물이 흘렀다.

"사내대장부가 어찌 이리 눈물이 많은가. 육신의 강건함은 나이에 맞지 않게 옹골찬데, 성품은 도통 강인하지가 않다. 그러한 품성으로 거친 세풍을 홀로 감당할 수 있겠는가?"

"저는…… 모르겠습니다."

"허허, 너는 참으로 이상한 아이다. 어찌 그리 모르는 것 투성이란 말이냐. 적군을 섬멸하여 조국을 지키는 일, 수십만 병사들이 숭고한 인생을 불사르고 있는데도 너는 거기에서 한참이나 동떨어져 있구나."

괴인의 웃음소리는 참으로 듣기가 좋았다.

눈물을 흘리던 소년의 얼굴에도 어느새 차츰, 자그마한 미소가 드리워졌다.

"하나 그도 좋은 일이겠지. 비록 적군이라 하나 사람이 사람을 죽이는 데 두렵지 않고, 슬프지 않다면 어찌 정상이라 할 수 있을까. 너는 군인으로서 낙제

점이되, 사람으로서의 길을 포기하지 않았으니 능히 칭찬을 받아 마땅하다."

"군인…… 사람……."

"그렇다, 사람이다. 사람이 사람으로서의 길을 걷는데 남녀(男女)에 노소(老少)는 물론 적아(敵我)의 구분조차 무의미하다."

아득한 현기가 느껴지는 말이었다.

정확히 어떤 의미인지 파악할 수 없지만 마음에 새겨야 할 내용임은 절로 알 수 있겠다.

소년의 눈에 눈물이 흩어지고, 어느새 뚜렷한 안광(眼光)이 자리를 잡았다.

"너는 어찌하려느냐? 도가(道家)와 이어질 상은 아니다만 사람이 도를 가릴지언정 도는 사람을 가리지 않는 법이지. 네가 원한다면 내 직접 성지(聖地)라 할 만한 곳에 데려다줄 수도 있다."

소년은 깨달았다.

지금 괴인이 하는 말 속에 자신의 인생이 걸려 있음을.

이토록 어린 나이였지만, 아니 어린 나이였기에 깨달을 수 있는 부름이었다.

"묻겠다. 너는 이곳에서 적군과 맞서 싸우는 군인이 되고 싶으냐? 아니면 어지러운 전장에서 벗어나 도(道)를 쫓는 진인(眞人)이 되고 싶으냐? 그도 아니라면 그저 평범하게 세상에 녹아 범부(凡夫)로서의 삶을 영위하고 싶으냐?"

군인.

그리고 진인.

선택의 기로였다.

오늘 처음 본 사람이지만 소년은 눈앞의 이 괴인이 어떤 선택을 하든, 그곳으로 자신을 도달시켜 줄 능력이 되는 이라고 믿어 의심치 않았다.

왜 이런 호의를 보이는지 알 수 없지만, 이해할 수 없는 건 이해할 수 없는 채로 놔두는 게 좋을 것 같았다.

중요한 것은 자신.

'나는 어떤 사람이 되고 싶지?'

소년은 자신의 두 손을 바라보았다.

씻지도 않은 손이다.

적군의 피가 굳어서 거친 느낌이 올올이 일어나는 손이었다.

소름이 끼쳤다.

사람의 살을 파고드는 섬뜩한 감촉.

나 이외의 다른 사람이 다시는 움직이지 못하도록 인생을 종결시켜 버린 귀신의 손이었다.

가능하다면 이 피냄새를 모조리 씻어 버리고 싶지만.

공포와 슬픔 아래로 소년은 일순간 강렬한 욕망이 피어나는 걸 느낀다.

스스로를 지키지 못했던 지난날.

억울하게 누명을 쓰고 풍비박산이 나 버린 가문.

스러지는 칼날 앞에서 움직이지 못해, 대신 죽어 버린 이름 모를 아군.

"저는……."

꾹 쥐는 주먹.

의지를 쥐는 두 손이다.

"힘을 갖고 싶습니다."

"힘……. 어떤 힘을?"

"나는 물론, 내 사람을 지킬 수 있는 힘. 다시는 능력이 없어 핍박받지 않도록, 그 누구에게도 지지 않을 힘을 갖고 싶습니다."

어설픈 어린아이의 다짐이 아니었다.

나이는 어리다 하나, 전장의 흉험함을 겪고 운명의 갈림길 앞에서 스스로의 의지를 누구 보다도 확실하게 자각한 한 인간의 바람이었다.

이런 답변이 나올 줄은 몰랐던 것일까.

소년을 바라보는 괴인의 눈동자가 옅은 파랑을 일으켰다.

"힘을 갖고 싶다⋯⋯."

탄식하는 괴인.

구국의 영웅이 되고 싶어서도 아니고 무용을 뽐내고 싶어서도 아니다.

핍박 받았던 지난 세월, 그 절절한 한(恨)을 풀기 위해서다.

다시는 누구에게 무시당하지 없도록 또한 다시는 나 때문에 누군가가 피해를 받지 않도록.

강함에 대한 원초적인 욕구였다.

지독한 욕망이었다.

그러나 그러한 욕망을 품고 있는 소년의 눈동자는, 욕망을 드러냈음에도 음습하지 않았다.

오히려 밝고 정대한 빛을 품고 있으니 이 또한 묘

한 일이리라.

소년이 깨달은 것처럼.

괴인도 깨달았다.

결국은 이렇게 되리라는 것을 알고 있었던 것이다.

그리고 눈앞의 이 기묘한 아이를 제자로 받고 싶다는 욕망이 자신에게도 있었다는 것을, 그는 명확하게 자각할 수 있었다.

괴인이 한 번 더 미소를 지었다.

"어디까지 가능할지, 오롯이 네 가능성과 노력에 달렸다. 힘을 원한다고 했느냐? 좋다. 네가 그리도 원했던 힘을, 내 세심하게 다듬어 주겠다."

강렬하게 파고드는 마음이었다. 어디에서도 느끼지 못할 이끌림이었다.

"나는 광무(廣武)라 한다."

피가 튀고 살점이 떨어져 나가는 전장.

명분도, 의지도 그 무엇도 사라진 채 오로지 악의 (惡意)만이 들끓고 있는 북방의 전장에서.

마침내 두 사람이 사제지간(師弟之間)을 맺는 순간이었다.

　　　　　　*　　　　　　*　　　　　　*

　"세상을 살아가는 모든 생물들에게 있어 호흡(呼吸)은 시작이자 끝이다. 호흡을 하는 순간부터 생의 시작을 알리며, 호흡이 멈추는 순간 생의 마지막을 알린다. 호흡은 곧 생(生)을 이끌어 가는 힘인 것이다. 호와 흡만 제대로 해도, 병마(病魔)가 함부로 침입치 않고, 어떠한 순간에도 평정을 유지할 수 있다. 내공심법(內功心法)은 그러한 호흡의 극대화를 통해 생명력의 단련을 일구어 내는 방법이다."

　가부좌를 틀고 앉은 소년의 자세가 사뭇 진지하다.

　고요하게 숨을 들이쉬는 모습은 무척이나 진중해 보였다.

　"천지만물에서 생동하는 기(氣)를 느끼기란 대단히 어렵다. 경험한 이에게 있어 무척이나 쉬운 일이지만, 한 번 느끼지 못했던 사람은 감조차 잡지 못하지. 믿어라. 기감이란 강력한 자기 믿음에서 나오는 법이다. 너 스스로 세상에 기가 퍼져 있다고 믿는다면 곧 기가 잡힐 것이고, 일 푼이라도 불신의 기색이 있다면 영원히 느끼지 못한다."

광무진인의 음성은 참으로 묘했다.

이해할 수 없는 내용의 말을 하면서도 한 마디, 한 마디가 머리 한구석에 차곡차곡 쌓이고 있다는 느낌이 들었다.

딱히 집중을 하지 않아도 도무지 잊을 수가 없을 만큼, 그의 어조는 비범한 데가 있었다.

"세상을 바라보기 전에, 일단 나 자신부터를 바라보는 것이 당연한 수순이다. 너는 너를 모르고 있어. 자신의 마음이 어디로 향하는지, 나는 무엇을 원하는지, 종례에 무엇을 이루고 싶은지 파악조차 못하는 자가 어찌 세상에서 홀로 고고할 수 있겠느냐. 혼란과 무지(無知)는 맞닿아 있다. 정신부터 제대로 다스리며, 흔들리지 않는 마음을 제대로 세울 수 있다면 그것이 곧 강함이다. 끊임없는 자문(自問)이야말로 성장의 원동력이니, 언제나 자신에게 엄격해야 한다."

한 마디, 한 마디가 금과옥조였다.

그의 가르침은 비단 무예에만 머무르지 않았다.

무도(武道) 또한 사람의 길인 바, 사람 그 자체가

커 갈 수 있는 모든 것을 아우른다.

광무진인.

일찍이 서악(西岳), 화산에서 장문인의 후보로 추대를 받을 만큼 지닌바 품성과 무도(武道)가 궁극의 영역에 도달했다고 알려진 기린아.

그런 그의 가르침을 서슴없이 받아 가니, 심신이 고될지언정 소년의 성장은 눈이 부실 만큼 빨랐다.

아무것도 모른 채 그저 살아갈 뿐이었던 소년은 뚜렷한 목표를 세웠고 바르고도 강인한 마음을 점차 다지게 되었다.

그렇게 이 년.

순식간에 지나 버린 두 해 동안, 소년은 소년이라 불리기 민망할 만큼 크게 성장했다.

열다섯의 나이.

하나 이미 덩치는 다 큰 성인에 비해 결코 뒤지지 않는다.

골고루 발달한 몸과 광채가 일 정도로 번뜩이는 눈은 가히 비범함의 극치였다.

"비야, 오늘의 전투는 어떠했느냐?"

고요하게 묻는 광무진인이었다.

열다섯의 강비.

그의 눈에 미미한 아픔이 깃들었다.

고작 이 년의 세월이 흘렀을 뿐이다.

그 이 년 동안 스승인 광무진인은 눈에 띄게 쇠약해져 갔다.

머리카락들은 모두 허옇게 새었고 얼굴에 주름은 늘었다.

근골에 무리가 가는 게 육안으로 보일 정도였다.

이전과 변하지 않은 것이 있다면 인자한 두 눈뿐.

"아군의 승리였습니다."

"그랬구나. 다친 곳은 없느냐?"

"괜찮습니다."

이 년 동안 광무진인의 휘하에서 가르침을 받은 강비는 육체의 성장만큼이나 강인한 마음을 가지게 되었다.

강렬한 살인의 후유증.

익숙해지려 해도, 도무지 익숙해지지 않는 섬뜩한 감각이다.

하나 광무진인이 전수한 호천패왕기(護天覇王氣)라는 신묘한 기공법은 비단 막강한 신력(神力)만을 선물해 주는 게 아니었다.

어떠한 위급 상황에서도, 어떠한 끔찍한 광경을 보고 있음에도 크게 놀라지 않도록 만들어 준다.

제대로 익힌다면 금강(金剛)의 부동심을 얻도록 만들어 주는 희대의 신공절학이었다.

이 년 만에 어엿한 성인으로 성장해 버린 제자를 보며 광무진인의 입가에도 미소가 드리워졌다.

"좋다, 괜찮구나. 그만하면 준비는 끝난 셈이야."

"무슨 말씀이신지……."

"당분간 갔다 올 곳이 있다. 열흘 정도 걸릴 것이다. 열닷새 후, 위 천호의 막사로 오거라."

그 말을 마지막으로 광무진인은 홀연히 사라져 버렸다.

＊　　　　＊　　　　＊

"후방! 후방을 맡아!"

"뒤쪽은 신경 쓰지 마! 무조건 뚫어!"

암담한 전투였다.

소수의 기마(騎馬).

채 스무 기도 되지 않는다.

강비는 선두에서 기마를 이끌며 무서운 질주를 감행했다.

저 멀리, 시위에 화살을 거는 적군이 보인다.

거의 백여 기에 가까운 기마대.

후방에서 쫓아오는 적군을 떨치는 것도 힘에 겨운 일인데 전면까지 차단을 당했다.

"제기랄! 화살 날아온다!"

"막아!"

피유우우웅!

소름끼치는 파공성과 함께 곡선을 그리며 날아오는 화살들.

거의 재앙에 가까운 화살비였다.

엄선된 소수 정예의 기마대라고는 하지만 심리적으로 쫓기는 상황에서 탄력적인 화살 세례까지 다가오니 도무지 정신을 차릴 수가 없다.

따다다당!

신들린 무용으로 각기 화살들을 쳐 냈으나 이번 한 번의 공격으로 세 기의 기마가 쓰러졌다.

쓰러진 기마, 아군 세 명도 바닥을 구른다.

동시에 치고 들어오는 후방 적들의 무자비한 공격 아래, 믿음직했던 아군 셋의 목숨이 무참하게 스러진다.

강비는 입술을 깨물었다.

'제기랄!'

군병들 중 특히나 무예에 출중하고 죽음을 두려워하지 않는 소수 정예로 이루어진 부대.

총 오십에 달하는 인원수, 야간의 침투 작전으로 적장의 오른팔인 군사(軍師)의 목을 벤 것은 분명 고무적인 일이었다.

그러나 적군의 반격은 거세기 짝이 없었다.

어떤 전투에서든 항상 파고들어 중요 인사를 없애버렸던 정예들인 바, 적군 측에서 반드시 죽여야 할 척살 대상 일 순위인 것이다.

군사를 잃었으니 목숨을 걸고서라도 세상에서 지워버리겠다는 의지가 확연하게 피어오른다.

오십에 달했던 정예병들의 숫자가 이제 스물도 채 남지 않았다.

필사의 도주를 감행했지만 이번에는 진정 작정을 한 것 같았다.

막강한 무력으로 죽이고 또 죽여도 그 수가 줄지를 않는다.

거기에 도주로까지 차단당했다.

병력의 운용이 믿을 수 없을 만큼 신속하다.

마치 이쪽의 움직임을 그대로 꿰찬 것처럼 보일 정도였다.

'이대로 가다가는 잡힌다! 무조건 돌파해야 해!'

마지막 순간, 언제나 방법은 하나뿐.

무력 돌파.

혀를 내두를 전략전술이라 해도 결국에는 무력의 농도에 따라 판이하게 다른 결과물을 내놓을 수 있는 것이다.

이제 스물도 되지 않는 기마대, 어떠한 전술을 펼치기 어려운 숫자이니만큼 믿을 건 무력 돌파밖에 없었다.

선두에서 달리는 강비의 눈에 강렬한 신광(神光)이 떠오른다.

"으아압!"

괴성에 가까운 기합성이었다.

명마(名馬)의 질주로 힘을 받은 그의 손에, 삼 척

길이의 짧은 단창(短槍)이 들렸다.

스승에게 배웠지만 아직까지 제대로 구사하지 못하는 무공이었다.

그러나 당장 목숨이 달린 지금, 어설프다 하여 주저할 순 없다.

터어엉! 부아아앙!

허공을 찢어발기며 맹렬하게 쏘아지는 단창.

곡선이 아니라 직선이다.

진기로 회전을 배가시키며 정면으로 휘돌아 던지는 비창(飛槍)의 일격이었다.

퍼버벅!

저 멀리서 아릿한 비명 소리가 들렸다.

단 한 번 출수로 세 명의 목숨이 스러졌다.

가슴을 관통한 단창이 회전을 멈추지 않고 그 너머에 있는 둘의 적군마저 뚫어 버린 것이다.

신기에 이른 무공.

위급한 순간, 본인의 기량을 한참이나 넘어서는 힘을 구사했다.

도무지 열다섯의 나이로 보일 수 있는 힘으로 보이지 않았다.

믿을 수 없는 광경을 보아서일까.

일순 주춤거리는 기색이 느껴진다.

본대에서도 떨어져 나와 먼저 달려 나가는 강비. 말의 허리춤에 매어져 있던 단창 세 개를 마저 쏘아 냈다.

퍼버벅! 퍼버버벅!

일곱의 목숨이 스러진다.

적군 선두의 대열을 망가트릴 정도로 힘이 있는 격침이었다.

그러나 강비라고 멀쩡하진 않았다.

'크윽.'

허리와 등, 어깨와 팔 전체가 요동치는 것 같았다.

본인의 역량 이상의 힘을 보이고 있다는 것은 동시에 그만큼 무리한다는 뜻이기도 했다.

구사할 수 없는 거력을 보였으니, 그대로 쓰러졌어야 정상이리라.

하지만 강비는 쓰러지지 않았다.

이대로 죽을 순 없었다.

이럴 때에 죽으려고 그리 고생한 게 아니다.

열흘 전에 홀연히 사라지신 스승님의 얼굴조차 뵙

지 못했다.

"으아아!"

비명인지 기합인지 모를 괴성을 지르며, 적군 한가
운데로 파고드는 강비였다.

왼손에는 군용 장검(長劍)을, 오른손에는 팔 척 길
이의 장창(長槍)을.

여우 무리에 던져진 한 마리 대호와도 같았다.

휘두르는 검과 창에서 뿜어진 막강한 경력에, 일순
간 적의 진영이 혼란으로 물들었다.

쳐 오는 병기들이 모조리 깨져 나가고 스치는 검과
창은 끔찍한 핏물을 부르고 있었다.

알아들을 수 없는 적군들의 언어.

공포에 질린 기색만큼은 알겠다.

홀로 백여 기의 기마대 품으로 들어가 무참하게 휘
젓는 무공을 보며 경악하고 있는 것 같았다.

하지만 적의 용맹함도 대단했다.

그토록 겁에 질린 기색이 역력한데, 오히려 칼을
들고 활을 겨눈다.

신들린 움직임으로 그 모든 위협을 막고 피해 냈지
만 시간이 갈수록 심신이 무거워진다.

'제길! 뚫리지가 않아!'

아무리 병장기를 휘둘러도 적군은 물러서지 않았다.

군사의 방벽이다.

이곳에서 이 무서운 소년 장수를 놓치는 순간 훗날에 어떤 위협으로 돌아올지 상상하는 것만으로도 적군의 사기는 되레 올라갈 수밖에 없었다.

공포와 필살의 의지가 뒤범벅되어 말로 표현할 수 없는 광란의 불똥이 사방으로 튀긴다.

얼마나 지났을까.

단전이 허했다.

쓸 수 있는 모든 내공을 다 사용했다.

얼마나 오래 검과 창을 휘둘렀는지 어깨에 철근을 매달아 놓은 것 같았다.

홀로 뛰어들어 거의 오십여 기의 기마를 박살 냈다.

그야말로 놀라운 일, 대단한 무용을 뽐냈다.

하지만 그것이 한계였다.

내공도, 근육도 더 이상 쓸 수가 없다.

물에 젖은 솜처럼 온몸이 늘어질 것만 같았다.

병장기를 휘두르고 있지만 이제는 적을 죽이기 위해 나아가는 게 아니라 견제하기 위해 휘두르고 있었다.

아군의 활로를 뚫기 위해 들어왔지만, 결국은 여기까지다.

'힘들다.'

이토록 힘든 적이 또 있었던가.

이렇게 죽음을 실감했던 적이 또 있었던가.

막상 죽음을 생각하자, 떠오르는 얼굴이 있었다.

'사부님.'

돌아가신 부모님의 얼굴은 생각도 나지 않았다.

오로지 스승, 사부님의 인자한 얼굴만이 머리를 가득 채웠다.

이 년 새, 당신의 몸도 돌보지 않으시고 하나뿐인 제자를 위해 헌신해 주신 분.

냉혹하기 짝이 없는 세상에서 처음으로 느꼈던 따스한 정(情).

'죄송합니다. 불민한 제자, 인사조차 드리지 못하고 먼저 가게 되었습니다.'

피식 웃음이 나왔다.

처음 스승을 만났을 때가 기억났다.

스스로를 모르고 어린애처럼 울기만 했던 그때의 기억.

퍼억!

옆구리에 박히는 화살 한 대.

퍼억! 퍼억!

어깨와 등판에도 한 대씩 박힌다.

이전에는 스치기만 해도 아팠는데 지금은 묘하게 고통이 없다.

"커헉!"

극심한 내공의 운용으로 내상까지 번지니, 이내 눈앞이 깜깜하다.

타고 있던 전마가 무릎을 꿇고.

마침내 강비의 눈도 천천히 감겼다.

*　　　　　*　　　　　*

"이제 정신이 드느냐?"

천천히 눈을 뜨는 강비의 머리맡에 친근하고 익숙한 목소리가 들려왔다.

강비는 벌떡 일어났다.

"사부님?"

"열흘 만에 일어난 놈이 팔팔하기도 하다. 다소 걱정을 했는데 그만하니 다행이다."

그는 자신의 몸을 내려다보았다.

붕대로 칭칭 감긴 몸이었다.

베이고 찔린 상처가 거미줄처럼 육신을 가로질렀을 게 분명한데, 붕대 사이로 보이는 살은 이전처럼 거칠지가 않았다.

"이게……."

묘하게 다르다.

일어선 강비는 스승의 반가움을 느낄 새도 없이 당황해 버렸다.

체내에 들어찬 무지막지한 뭔가를 느꼈기 때문이다.

그토록 내외상이 심했는데 정상을 되찾은 것, 그건 둘째다.

'이건 뭐지?'

몸통 한가운데에서 느껴지는 거대한 힘의 맥동.

천지 간의 모든 기운을 응축시켜 놓은 뭔가가 몸에

새겨진 것 같았다.

너무나 거대해서 내부를 관조할 수조차 없었다.

아찔할 정도로 거센 기의 응집체가 묵직하게 몸을
지탱하고 있었다.

속이 거북하다 느낄 정도로 거세고도 거센 힘이었
다.

"움직이기에 불편함은 없겠지?"

"예? 아, 예."

"그래, 이번에는 제법 아찔했다고 들었다. 네 녀석
이 쓰러지기 직전, 아군의 지원 병력이 도달하지 않
았다면 진정 큰일을 치를 뻔했다."

살아남았던 이유가 그것인가.

용케도 거기까지 도달했구나 싶었다.

아무리 소수정예의 부대라고는 하지만 그런 위험을
감수해서라도 구할 만한 가치가 있었을까 생각하니,
감동은 더욱 크다.

아군이지만 그만큼 무리하기도 쉽지 않았을 텐데.

"진기는 어떠냐?"

"괜찮습니다. 하지만 뭔가가……."

"그래, 느껴지느냐?"

"예. 엄청나게 거대한 뭔가가 있습니다, 제 몸에."

광무진인의 얼굴이 모처럼 진지해졌다.

"함부로 건드리진 말거라. 지금의 네가 건드리기에는 지나치게 강인한 힘이야. 그 힘의 일부만을 사용해도 본신의 기량 이상의 괴력을 발휘하지. 만약 때가 이르지 않음에도 그 힘이 완전하게 풀려 나오면 네 몸은 터지거나 설령 운이 좋아도 돌이킬 수 없을 만큼 망가지게 될 것이다."

뭔가 어마어마한 이야기를 들어 버린 것 같았다.

마치 몸 안에 화약을 품고 있는 듯했다.

"자, 이만 나가 보거라."

"예?"

"밖에서 널 기다리는 장군들이 있다. 이곳의 전투는 이제 끝났다고 하더라. 네 무용이 대단하니, 군직을 주고 또 다른 병력들을 통솔케 할 모양이다."

새로운 전장이 눈앞에 다가와 있다는 뜻이다.

강비는 다소 혼란스러운 얼굴로 광무진인을 바라보았다.

"하면 사부님께서는?"

"이놈아, 이제야 겨우 걸음마를 뗀 녀석을 두고,

내 홀로 떠나기라도 할 것 같으냐? 잔말 말고 나가서 인사나 해라. 내 호통을 쳐서 기다리게는 했다만, 네가 세운 무공이 원체 대단해서 당장이라도 만나고 싶어 하는 기색이더라."

든든한 한마디였다.

이놈저놈이라는 소리가 이리도 정겹게 들릴 줄이야 몰랐다.

강비는 작게 웃고는 몸을 일으켜 문밖으로 나섰다.

그렇게 홀로 남은 광무진인.

그의 입가에도 포근한 미소가 어렸다.

"그놈 참."

조금만 늦었어도 제자에게 들킬 뻔했다.

그는 기다란 소매로 숨긴 손을 꺼냈다.

하얗게 탈색이 된 손. 덜덜 떨리는 것이 심상치가 않았다.

아마 평소와 같은 상태였다면, 강비도 눈치챘을 것이다.

오랜만에 본 스승의 얼굴에, 이전보다 주름살이 늘었다는 것을.

근골이 더욱 쇄하고 목소리가 더욱 낮고 탁해졌다

는 것을 알았을 것이다.

"천하의 광무자가, 이렇게 생을 마치는군."

길어야 반 각이나 될까.

죽음이 코앞으로 도달했다.

천운(天運)이 닿아 제자를 죽음 직전에서 구할 수 있었다.

아군의 지원 병력이 왔다고는 했지만 그것은 훨씬 뒤의 이야기일 뿐, 그 자리에 광무진인이 없었다면 강비도 살아남지 못했으리라.

그토록 넓은 전장에서 용케 만났다고 생각하니, 놀랍긴 놀랍다.

기분이 좋지 않아 무턱대고 전투가 벌어진 곳으로 달려 나왔는데, 죽기 직전의 강비를 겨우 보았다.

아무래도 저 하늘이 스승으로 하여금 제자의 목숨을 살리라고 단단히 외쳤던 것 같다.

'내 영혼은 항상 너와 함께 할 것이다.'

화산비전의 연단술과 곤륜의 성약을 합쳐 만든 지고(至高)의 영약(靈藥).

정상적인 몸이었다면 그저 복용하는 것으로 끝낼 수 있었겠지만 당시 강비의 상태는 죽기 일보 직전이었다.

결국 광무진인은 생명의 근원이라 할 수 있는 원정을 깨트려 진기를 도인했다.

조금이라도 늦었다면 영약의 신기(神氣)가 빠져나가 제 역할을 못했을 터.

그것이, 굳이 생명을 꺼트리면서 영약의 약기(藥氣)를 다독였던 이유였다.

'그래도 죽기 전에 남부럽지 않을 제자를 얻었으니 내 생에 한 점 후회가 없구나.'

무섭다거나 슬프거나 하는 감정은 한 올도 없었다.

진정으로 열심히 생을 살았고, 죽기 전에는 천하 어느 곳에 내놓아도 자랑할 수 있을 법한 제자를 키워 냈다.

만족할 만한 삶이었다. 후회 없는 삶이었다.

그는 자리에서 일어나 천천히 동남쪽을 향해 절을 올렸다.

화산에 거하여 천하 창생을 위해 고군분투하고 계실 스승께 올리는 절이었다.

"참으로 길었다. 이제야 화산의 품으로 돌아가겠

구나."

　천천히 눈을 감는 광무진인.

　천하제일을 외치는 화산의 무제가 직접 제자로 키
워, 홀린 듯 스스로의 길을 정해 파문한 채로 방랑의
세월을 걸었던 일세의 기인이, 마침내 기나긴 생을
마감하는 순간이었다.

〈『암천루』제2권에서 계속〉

http://www.bbulmedia.com

http://www.bbulmedia.com